LES PRIMES D'HONNEUR

DÉPARTEMENTALES

AUX DOMAINES LES MIEUX TENUS

ET

AU MÉTAYAGE DANS LA DORDOGNE

DE 1862 A 1868.

PÉTITION & MÉMOIRE JUSTIFICATIF

ADRESSÉS

A M. LE MINISTRE DE L'AGRICULTURE

Pour que notre Société départementale d'Agriculture soit désormais
comprise au nombre de celles qui sont spécialement subventionnées
dans le but d'aider au maintien d'Institutions de ce genre

PÉRIGUEUX
IMPRIMERIE DUPONT ET Cⁱᵉ

1868.

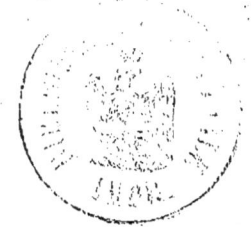

AVANT-PROPOS.

Dès 1862, notre Société départementale a institué des primes d'honneur, décernées, dans chaque arrondissement tour à tour, aux domaines les mieux tenus. Depuis 1864, elle y a joint des récompenses spéciales destinées aux métayers les plus méritants. Ces deux créations ont produit les meilleurs effets, malgré la faiblesse de nos ressources.

Elles ont été saluées par des témoignages flatteurs de sympathie générale, venus non-seulement des populations de nos villes et de nos campagnes périgourdines, mais encore de toute la France agricole; plusieurs associations se sont même empressées de profiter de notre exemple et d'adopter, ou du moins de suivre de près, notre règlement à ce sujet.

Cependant, jusqu'à présent nous n'avions pas appelé sur ce point capital l'attention particulière du gouvernement, ni sollicité de lui des secours pour soutenir cette œuvre d'une si grande importance. Nous attendions que toutes les circonscriptions sous-préfectorales eussent été visitées, nous voulions connaître les résultats de l'entreprise dans chaque partie du Périgord, et, tandis que d'autres compagnies réclamaient et obtenaient l'intervention généreuse de la direction officielle de l'agriculture pour assurer la prospérité d'institutions semblables, nous poursuivions nos épreuves en silence.

Aujourd'hui nous sommes complétement fixés. Nous pouvons considérer avec une juste fierté la carrière parcourue et demander désormais hautement, avec des titres incontestables, qu'on nous aide à lui donner plus d'éclat; insister dans ce but auprès du ministère, n'est plus implorer une faveur, c'est appeler une justice. C'est ce que nous venons de faire au moment où, pour la seconde fois, nous allons entreprendre l'exploration des progrès réalisés dans notre province. Nous plaidons avec pièces à l'appui, et nous soumettons ces documents à nos lecteurs.

Ils y trouveront la preuve de nos droits ; ils y verront avec plaisir le résumé de grands et fructueux efforts ; cette énumération de travaux utiles et intelligents fera battre, d'un orgueil légitime, le cœur de ceux qui parcourront ces pages.

C'est dans ce but que je me suis décidé à donner à cet ensemble de faits honorables pour nos agriculteurs, une publicité qui n'entrait pas d'abord dans mon plan ; il m'a paru que cette lumière ne devait pas rester cachée et qu'il y avait lieu de l'élever hautement.

J'ai pensé de plus que, peut-être, ce dossier glorieux pourrait donner à des administrations locales, à des assemblées départementales, à des hommes haut placés, aux représentants légaux du pays, l'idée de nous couvrir de leur protection et d'encourager par des marques sensibles d'estime nos propriétaires et cultivateurs, en accordant dans ce but, et en leurs noms, des distinctions spéciales pour nos primes d'honneur, comme il est arrivé dans d'autres contrées.

On remarquera que, le plus souvent, dans cette brochure, compilation de pièces restées jusqu'à ce jour éparses çà et là, j'ai tenu à conserver autant que possible le texte des rapports officiels; on s'en apercevra à la force et au charme du style. L'édifice que j'ai élevé pour notre défense, d'abord, pour le plaisir et l'instruction des nôtres, ensuite, est composé de blocs précieux; je n'y ai ajouté, en réduisant un peu leur volume, que le ciment nécessaire pour les relier entre eux, afin de leur laisser leur noble et imposant aspect.

L'occasion ne s'offrira plus pour moi de recommencer un pareil travail. A un autre plus jeune et plus heureux de raconter à son tour les merveilles qui vont se trouver sous les pas de nos jurés pendant la seconde tournée; de montrer les palmes brillantes conquises par nos agronomes et colons. On me pardonnera, je l'espère, de n'avoir pas voulu du moins laisser échapper une circonstance favorable et d'avoir eu à cœur de signaler les triomphes des premiers pas, présages assurés de grandes et importantes victoires.

L. DE LAMOTHE.

SOCIÉTÉ

DÉPARTEMENTALE

D'AGRICULTURE

DE LA DORDOGNE.

Demande pour que notre association soit comprise au nombre des Sociétés que le Ministre subventionne spécialement dans le but de soutenir l'Institution des Primes d'Honneur Départementales, et pour obtenir, en conséquence, sur les fonds restant libres à la suite de la tenue des Concours Régionaux de 1868, une Médaille d'Or grand module et une somme de quinze cents francs.

Périgueux, le 19 mai 1868.

MONSIEUR LE MINISTRE,

Vous avez à cœur de soutenir par des subventions spéciales l'institution des *primes d'honneur départementales* décernées chaque année tour à tour dans un arrondissement différent, et vous avez cité avec éloges, pour ce fait, plusieurs Sociétés que vous mentionnez dans votre rapport à l'Empereur sur les concours régionaux de 1867.

Votre administration leur accorde avec empressement des secours afin, suivant vos expressions, d'augmenter ainsi les fonds destinés à récompenser le meilleur domaine qui réalise les améliorations les plus utiles. Vous ajoutez, avec beaucoup de raison, que les choix faits de la sorte dans l'intervalle de deux concours régionaux constatent des candidatures sérieuses et signalent aux jurys les plus méritants.

Notre Société est au nombre, Monsieur le Ministre, de celles qui, ont les premières, institué *les primes d'honneur départementales*. Elle a, *depuis six ans*, parcouru chacun des arrondissements de la Dordogne, et, luttant avec énergie, malgré ses trop faibles ressources, elle est parvenue, nous osons le dire, à de notables résultats. De plus, *outre les prix donnés aux agriculteurs* proprement dits, *elle a créé des prix spéciaux pour les meilleurs métayers*, ce qui a produit un excellent effet.

Aujourd'hui que notre expérience est complète, à la veille de recommencer l'épreuve, dans des temps durs et difficiles, nous venons vous prier de nous aider à donner à notre œuvre l'éclat et la solidité désirables, en nous allouant, *sur les fonds restés libres à la suite des concours régionaux qui vont finir*, une grande médaille d'or et quinze cents francs.

Je joins à cette pétition un mémoire justificatif détaillé où Votre Excellence verra avec quel zèle et quel succès nous avons travaillé et où sont exposés les titres des *cinquante-cinq* propriétaires qui ont concouru et des principaux des *cent cinquante-cinq* métayers qui ont mérité des couronnes ou des mentions particulières. Nous espérons qu'après avoir jeté les yeux sur ce rapport, vous comprendrez toute l'importance et la grandeur de notre entreprise et n'hésiterez pas à nous donner l'encouragement que nous sollicitons de vous, afin d'assurer l'avenir de notre œuvre et ses développements de plus en plus féconds.

Je suis avec respect, Monsieur le Ministre, de Votre Excellence, le très-humble et obéissant serviteur.

Pour le bureau :

Le secrétaire-général de la Société,

L. DE LAMOTHE.

MÉMOIRE

Sur les résultats constatés à la suite de la création, par la Société, des Primes d'Honneur Départementales accordées pour les Domaines les mieux tenus dans chaque arrondissement, tour à tour, depuis 1862.

———

MONSIEUR LE MINISTRE,

Dans le remarquable rapport que vous avez adressé à l'Empereur sur les concours régionaux agricoles qui ont eu lieu en 1867, après avoir établi la statistique des expositions, et abordant la question importante des primes d'honneur décernées par le gouvernement, vous vous êtes exprimé ainsi, au sujet de créations semblables qui ont eu lieu par suite de l'initiative soit de conseils généraux, soit d'associations locales dans plusieurs départements :

« Mais plusieurs conseils généraux, quelques Sociétés d'agriculture ont voulu maintenir en éveil l'énergique activité de nos agriculteurs et, dans la crainte de laisser le progrès se ralentir, ils ont fondé une prime d'arrondissement qui, chaque année, est attribuée au propriétaire de l'exploitation jugée la meilleure. *L'administration accorde des subventions* dans *l'Ain*, dans les *Basses-Pyrénées*, la *Vienne*, l'*Aveyron* et *au comice de la Sologne*, afin d'augmenter les fonds destinés à récompenser le meilleur domaine qui, dans l'arrondissement ou le département, réalise les améliorations les plus utiles. Les choix faits ainsi dans l'intervalle de deux concours régionaux constituent des candidatures sérieuses et signalent au jury les plus méritants. »

L'institution que Votre Excellence met ici en relief et pour laquelle elle témoigne d'une sollicitude éclairée n'est point seulement à l'étude, *mais en pleine exécution dans le département de la Dordogne*, grâce à l'initiative de notre corporation, depuis 1862.

Cette année-là, *l'arrondissement de Périgueux* fut appelé

par nous à entrer le premier dans la carrière. Les propriétaires ou fermiers avaient à présenter leurs exploitations, soit pour l'ensemble de la culture, soit pour quelques travaux particuliers déterminés, drainage et irrigations, vignobles, arboriculture, spécialités diverses. Un jury, dans le sein duquel on admit des agriculteurs distingués des pays voisins, fut chargé de juger les concurrents. Six candidats se présentèrent; l'un d'eux dut être éliminé, un second fut mis hors de concours pour absence de comptabilité, malgré ses mérites évidents. Une récompense spéciale fut accordée au régisseur d'un domaine important qui avait fait preuve de zèle, d'intelligence et de connaissances réelles. Le second prix fut la part de M. Magueur, sous la direction duquel la propriété d'Hautefort, appartenant à M. le comte de Damas et qui ne compte pas moins de 700 hectares d'étendue, a déjà été transformée et fait chaque jour de rapides progrès. On a constaté notamment l'heureuse combinaison par suite de laquelle un minimum de produit annuel est garanti à chacun des 14 métayers qui se partagent l'exploitation, à la charge par ceux-ci de participer, par leur main-d'œuvre et dans une certaine limite, à toutes les réparations et améliorations jugées nécessaires par le maître; ce sont principalement les suivantes : entretien ou création de chemins, redressement des cours d'eau, drainage des prés ou terres humides au moyen de fossés empierrés ou remplis de fascines, ce qui a lieu tous les ans sur un ou deux kilomètres de longueur; enfin, agrandissement et meilleure appropriation des bâtiments d'exploitation.

Le parcours des moutons a été supprimé dans les bois que ces animaux dévastaient; des plantations ou semis d'arbres ont été opérés jusqu'à concurrence d'une centaine d'hectares.

On remarque dans la réserve un beau troupeau de vaches hollandaises fournissant du beurre d'excellente qualité. Les étables des métairies sont peuplées en grande partie de vaches sorties des meilleurs troupeaux du Limousin. Outre les 80 vaches entretenues sur les domaines, il s'y trouve environ 24 bœufs pour la boucherie. L'importance du cheptel vivant, qui était de 18,000 francs en 1842, s'élevait déjà, lors du rapport que nous analysons ici et qui a été présenté par l'honorable M. Coignet, à 40,000 francs. De nombreuses têtes du bétail de la terre d'Hautefort ont obtenu de brillantes récompenses aux grands concours agricoles, soit départementaux, soit régionaux. Le vin, le bois, les grains, le tabac, le fourrage et l'huile donnent d'importants produits. La comptabilité est tenue avec soin; elle se compose de plus de 20 comptes ouverts à chacune des sources de produits comme aussi à chaque nature de dépense. S'il reste encore beaucoup à faire, il a été déjà beaucoup fait, et le jury de la prime d'honneur gouvernementale, lors du concours régional agricole de 1864, l'a constaté lui-même en mentionnant très-honorablement les travaux de M. le comte de Damas.

La première place a été conquise par M. Huot de Suzanne, à Pressac, canton de Thenon. Devenu possesseur par acquisition depuis quelques années d'une propriété d'un seul tenant, composée de 330 hectares, dont 225 en bois, 75 en terres labourables, 20 en prés et 10 en vignes, il a construit de nombreux bâtiments destinés à centraliser le service; c'est ainsi qu'il a successivement élevé une bergerie pour 300 têtes, une étable pour 16 bœufs, deux grands hangars pour remiser les outils, instruments et céréales, des parcs à cochons, une forge, une cuisine pour les animaux et un magasin à deux étages pour 600 à 800 hectolitres de blé. On regrette seulement que ces édifices ne soient point coordonnés ensemble d'une manière tout à fait satisfaisante; une partie des greniers des anciens bâtiments a été utilisée comme magasin à laine; les toisons y sont rangées et étiquetées avec le plus grand soin.

Les terres étant en général de mauvaise qualité et manquant pour la plupart de calcaire, M. Huot de Suzanne a établi un four à chaux qui lui fournit cette matière à raison de 1 fr. 20 c. l'hectolitre. La chaux a été répartie successivement sur toutes les terres du domaine à raison de 40 à 45 quintaux métriques par hectare. L'effet a été des plus remarquables.

Les instruments perfectionnés sont employés constamment et avec succès; on doit citer parmi eux : la charrue de Grignon, des fouilleuses, l'extirpateur Dombasle, des houes à cheval et des herses de divers modèles. La charrue Armelin, précieuse dans les terrains pierreux, surtout pour le défrichement des luzernes, le coupe-racines de Grignon, le hache-tout Dombasle, un fourneau à réverbère pour la cuisson des aliments du bétail. Et si les moissons se font encore à la faucille, elles sont battues avec une machine à manège, puis les blés sont soumis au ventilateur et ensuite au tarare de Redourtier, qui donne la qualité marchande; ceux qui sont destinés aux semences passent de plus par le trieur Pernollet.

M. de Suzanne entretient un nombreux bétail composé de bœufs pour le travail, de vaches laitières bretonnes, de veaux pour l'hivernage, de 40 à 50 porcs issus d'un croisement de truies du pays avec un verrat anglais, de 300 têtes environ de bêtes à laine consistant en brebis du Quercy et béliers sans cornes de l'Aveyron. Les fumiers sont traités d'une manière convenable et portés sur les terres aussitôt que possible. L'assolement varie suivant les terrains; il est tantôt de quatre ans, tantôt de trois seulement, selon la nature du sol. La luzerne a été introduite sur une vaste échelle; les topinambours, les autres racines et les fourrages occupent un espace suffisant; enfin, M. de Suzanne a beaucoup amélioré son vin en réduisant la cuvaison de sa vendange à huit jours seulement.

Par suite de toutes ces innovations et de sa surveillance intelligente, 5 ans après être entré en jouissance il avait déjà obtenu les rendements comparatifs qui suivent : au lieu de 81 hectolitres de froment, il en récoltait 304; au lieu de 34 hectolitres d'avoine, il en obtenait 91; au lieu de 16 hectolitres d'orge, il en avait 36; au lieu de 15 barriques de vin, il en rentrait 40; de plus, tandis que l'ancienne culture ne produisait presque rien en sarrazin et en maïs, il comptait 25 hectolitres du premier et 150 du second.

La comptabilité, très en ordre, doit être notée, et, d'après elle, les prix du bétail se sont soldés en bénéfice, en 1861, ainsi qu'il suit : bergerie, 1,765 fr. 30 c.; bouverie, 650 fr. 75 c.; porcherie, 1,405 fr. 60 c. En résumé, le revenu total porte le bénéfice net à 6 %.

L'opinion de notre jury sur cette exploitation se trouve justifiée par celle du jury de la prime d'honneur régionale, qui a décerné en 1864 à M. de Suzanne une médaille d'or pour sa terre de Pressac.

En dehors des concurrents pour l'ensemble de leurs exploitations, la commission a voulu naturellement visiter, pour lui rendre hommage, la ferme-école que dirige avec habileté à Lavallade, près Bourdeilles, M. de Lentilhac, sous les auspices du gouvernement. Depuis peu, cette institution, naguère établie dans la plaine de l'Isle à Salegourde, se trouve transportée sur un domaine de 135 hectares dont les abords ont été jusqu'ici difficiles, dont le sol est loin d'être excellent. La répartition des terrains était ainsi faite lors de l'examen : maisons et cour, 2 hectares 77; jardin, verger et pépinières, 5 hectares 31; prés naturels, 8 hectares 27; fourrages artificiels, 12 hectares 87; fourrages annuels, 1 hectare 05; pâturages permanents, 9 hectares 10; plantes sarclées, 11 hectares 12; topinambours, 1 hectare 03; jachères cultivées, 7 hectares 47; céréales, 17 hectares 65; tabac, 2 hectares 50; vignes, 8 hectares 23; bois taillis, 37 hectares 71; semis de chêne, etc., 9 hectares 74.

On y comptait en même temps 2 chevaux, 2 taureaux, 6 bœufs de travail, 6 fortes vaches, 3 vaches bretonnes, 4 veaux d'élève et 2 truies.

Lavallade tient à justifier son titre de ferme-école; malgré la nature ingrate du terrain, la culture s'y améliore chaque jour; on sait y tenir une comptabilité régulière et en tirer les renseignements utiles qu'elle renferme. L'Etat alloue 47 centimes par jour et par élève au directeur ; mais chacun d'eux lui coûte net, tout compris, 83 centimes par jour, soit 302 fr. 95 c. Ainsi la main-d'œuvre à Lavallade absorbe annuellement, d'après le rapport, une somme d'environ 9,000 francs. Le mobilier de l'école et du ménage représente en outre une somme de 7,651 francs en capital, de sorte que, pour un particulier, il semble que l'exploitation par des métayers bien surveillés et bien dirigés, serait plus profitable. Mais il s'agit ici d'éducation agricole, et l'argent employé dans ce but est utilement dépensé.

Un vallon humide a été drainé au moyen de fossés empierrés. Le produit des récoltes a été considérablement augmenté par cette opération, qui est revenue à 240 francs l'hectare ; la moisson s'opère au moyen d'un instrument nommé volant, usité dans le Lot-et-Garonne et fort préférable à la faucille. Les blés sont battus à la mécanique, puis vannés au tarare ; le prix du battage revient ainsi à 57 centimes par hectolitre, soit une économie de 93 centimes par sac. Les vins sont décuvés beaucoup plus tôt qu'auparavant, immédiatement après la fermentation tumultueuse ; ce procédé a garanti leur durée. Les aliments pour le bétail sont cuits à la vapeur, lorsqu'il s'agit de fourrages secs, d'une manière commode et économique au moyen d'un alambic rempli d'eau, scellé sur un tonneau. On parvient ainsi à gagner 26 centimes par tête et par jour.

M. le directeur de Lavallade a, pour l'instruction de ses élèves, dessiné et colorié d'après nature une collection de plantes usuelles, ce qui est d'un grand secours lorsque la saison ne permet pas de faire passer les sujets vivants sous les yeux.

Le jardinage n'a paru laisser rien à désirer ; les enclos fruitiers et les pépinières sont peuplés des meilleures espèces d'arbres, gouvernés suivant les méthodes nouvelles et perfectionnées, de sorte que Lavallade est en état de fournir des jardiniers capables ayant reçu une instruction théorique et pratique.

Le jury, voulant témoigner toute sa satisfaction à l'honorable directeur, lui a décerné hors concours une médaille d'argent.

Outre ces primes pour cultures d'ensemble, des récompenses ont été accordées pour travaux spéciaux. Nous signalerons en première ligne à Votre Excellence ceux opérés dans la vallée du Blâme, gros ruisseau qui formait un immense marais dans la partie inférieure de son cours. Sous la direction d'un syndicat habile présidé par M. Brachet, en suivant les indications de l'administration des ponts et chaussées, une étendue de terrain qui n'est pas moindre de 660 hectares a été totalement desséchée ; les joncs sont morts et on leur a substitué les plus riches cultures. La dépense ne s'est élevée qu'à 4,000 francs et l'augmentation de valeur des terrains améliorés ne peut être portée à moins de 300,000 francs!

M. Dubois d'Antoniac s'est fait remarquer par un drainage bien opéré.

Sur la demande de l'administration des tabacs, 13 médailles ou mentions honorables ont été distribuées à autant de cultivateurs, parmi lesquels se trouvait Son Excellence M. Magne, aujourd'hui ministre des finances.

Enfin le marnage et l'emploi rationnel des amendements calcaires ont fait, à juste titre, couronner M. le docteur Veyssière, de Saint-Paul-de-Serre, canton de Vergt.

Dès cette première épreuve, l'institution des primes d'honneur départementales montrait quel intérêt s'attache à une création de cette sorte, mettait en relief des mérites éminents et donnait le plus légitime espoir pour l'avenir.

En 1863, l'examen avait pour théâtre le riche *arrondissement de Bergerac*. L'expérience avait déjà prouvé qu'il y avait lieu d'introduire quelques améliorations dans le programme, surtout en ce qui touche les primes spéciales. Aussi le drainage fut-il cette fois séparé des irrigations et fut-il résolu que par suite de l'importance considérable qu'ont les vignobles dans le pays, ceux-ci pourraient, s'il y avait lieu, obtenir une récompense d'un ordre majeur.

Neuf concurrents ont brigué l'approbation des membres de la commission pour les primes d'ensemble ou les vignobles, ou disputé celles réservées aux drainages et aux irrigations, qui devaient être appréciées par MM. les ingénieurs du département. Quant aux tabacs, comme l'année précédente, c'est sur le rapport de l'administration chargée d'en diriger et surveiller la culture que leurs producteurs devaient être jugés. La lutte a présenté un vif intérêt, comme vont le prouver les détails ci-dessous, bien que le possesseur de la terre de Corbiac, qui s'était fait inscrire pour la prime régionale, qu'il a obtenue l'année suivante, n'ait pas voulu cette fois, et pour cette raison, descendre dans la lice départementale.

M. de Laurière possède au pont Saint-Mamet une propriété de 113 hectares; sur cette superficie les bois en occupent la moitié.

Les cultures diverses couvrent 40 hectares; cinq sont consacrés à la vigne et 12 aux prairies artificielles et naturelles. Les prairies ont été améliorées d'une manière remarquable par le redressement du cours d'eau qui les arrose et par un drainage rationnel fait avec des pierres cassées. Lors de la visite du jury, les herbes sur pied étaient abondantes et de la meilleure nature;

des transports de terre avaient été faits avec intelligence. La méthode adoptée par M. de Laurière pour améliorer ses domaines a été de les prendre successivement à sa charge et de les mettre dans un état convenable; puis chacun d'eux étant arrivé au point voulu, les métayers en ont été remis en possession, tandis que le propriétaire conservait une réserve pour leur servir de point de comparaison et d'encouragement à bien faire. C'est ainsi que le rendement du froment a été porté de 5 à 9 fois la semence dans les terres des métairies et est arrivé de 10 à 12 dans la réserve. Des friches ont été converties en vignes, les vieilles vignes ont été renouvelées avec des cépages meilleurs, le bétail a été considérablement augmenté, les clôtures sont vraiment remarquables par leur efficacité et leur entretien. Par toutes ces considérations, il a paru à la commission que M. de Laurière méritait au moins une mention honorable.

A la porte de Bergerac, M. de Lajonie a présenté au concours la réserve de sa terre de Rivière, composée de 60 à 67 hectares, dont 18 en céréales (froment), 2 en maïs, 1 en haricots, 1 en fèves et en pois, 1/4 en tabac, 6 en prés et 17 en vigne; le reste destiné aux fourrages divers. Le bétail que le jury a examiné se composait de 2 chevaux, 24 bêtes à cornes adultes, 5 veaux pour élèves et 45 sujets de l'espèce porcine de toute taille et de tout âge; les bêtes à cornes sont de race garonnaise ou limousine, bien choisies, et ont valu à leur propriétaire de nombreuses distinctions dans les concours.

Le fumier est placé dans des fosses au nord des bâtiments; le lupin pour engrais vert est employé sur 4 hectares; enfin, 250 hectolitres de plâtre avaient été répandus en 1862 sur les terres, pour stimuler la croissance des prairies artificielles légumineuses. Quelques travaux de desséchement ont été entrepris là où cela était nécessaire; ils consistaient principalement en fossés à ciel ouvert avec un peu de drainage. D'après le propriétaire, le revenu brut étant de 24,321 francs contre une dépense de 6,621 fr. 50 c., le net s'élèverait à 18,000 francs environ, soit près de 300 francs par hectare. Sur le total, le vin est compté pour 10,000 francs de recette brute.

Malheureusement le compte présenté par M. de Lajonie ne résulte pas du dépouillement d'une comptabilité régulière; toutefois, il est évident que l'exploitation de Rivière est en progrès. L'incertitude laissée sur plusieurs points de recettes et dépenses a porté dans l'esprit de la commission, pour ce concurrent comme pour M. de Laurière, un préjudice notable; les résultats acquis ne pouvant être complétement démontrés. C'est pour cela que malgré le bien incontestable opéré, M. de Lajonie, mentionné honorablement plus tard par le jury de la prime régionale, n'a obtenu que la troisième place et une médaille d'argent.

Avec le candidat dont nous allons nous occuper, semblable lacune n'était point à craindre.

M. Planteau, banquier à Bergerac, possède dans la commune de Lamonzie-Saint-Martin, au lieu de Lestenaque, un domaine en plaine qu'il faisait valoir par domestiques, ayant momentanément quitté le monde des affaires et entrepris depuis 1859 de diriger sa propriété en s'y donnant corps et âme. Le tout est d'une contenance de 50 hectares, savoir : 8 en prairies, 5 en vignes pleines et anciennes, 9 en jeunes vignes de 2 ou 3 ans plantées en joalles, 1 en luzerne, 2 en bosquets et bords de rivière, 20 en terres labourables, le reste en constructions, cours, jardins et chemins d'exploitation bordés de gazon. Les bâtiments ont été refaits en entier sur les plans dressés par le propriétaire; un réservoir souterrain alimenté par les filtrations des eaux inférieures a été établi, puis on y a joint des conduites destinées à faire la distribution du précieux élément, ce qui a été opéré par le lauréat avec un talent digne d'un ingénieur consommé.

Devenu aussi géomètre pour les besoins de son exploitation, il a dressé un plan de son domaine où la suite des cultures composant un assolement régulier de 7 ans est représentée par des couleurs différentes.

Sur l'alignement de la maison d'habitation et sur le côté nord de la cour d'exploitation a été élevé un chai de 21 m. de longueur sur 12 m. de largeur, pouvant recevoir 200 barriques de vin sur le sol et un millier en les engerbant; les passages nécessaires à la circulation et les moyens de ventilation sont ménagés avec la plus grande habileté. Au-dessus de ce chai est un séchoir à tabac; à la suite et communiquant au premier bâtiment par une porte, se trouve un vendangeoir de 12 m. en tous sens, bien muni de tous les instruments et vaisseaux nécessaires et que surmonte à son tour un magasin à céréales; puis apparaît une écurie pour 8 chevaux, suivie de la remise des voitures du maître.

Les constructions servant à rentrer les récoltes et les instruments aratoires font face à celles que nous venons d'énumérer; elles ont 24 mètres de façade sur 12 de profondeur. Au-dessous vers le levant est une cave aux légumes et plus bas encore le réservoir dont nous avons parlé, contenant 7,500 litres d'eau. Au bâtiment que nous venons de décrire sont accolées 8 loges à porcs avec cours fermées attenantes, ayant des bassins toujours pleins d'eau. A l'intérieur règne un corridor de service sur lequel donnent toutes les auges avec volets tournant sur un axe horizontal; un peu plus loin est la cantine des ouvriers. Un petit hangar adossé à la cheminée de la cuisine sert d'abri à une chaudière surmontée d'un tonneau où les aliments destinés à la porcherie peuvent être cuits à la vapeur au moyen de la chaleur perdue de la cheminée.

On doit louer l'installation du poulailler parfaitement établi et divisé, et il en est de même du clapier.

Une magnifique grange pour les bêtes à cornes occupe tout le côté ouest de la cour d'exploitation; elle a 24ᵐ40 de long sur 15 m. de large; elle est disposée de manière à recevoir 15 têtes d'un côté et 13 de l'autre, un lit pour un bouvier complétant ce dernier. Tout le sol est bétonné sans exception, le service se fait facilement par de larges voies; l'aération est parfaite, tous les détails d'installation sont excellents.

Au-dessus de la grange se trouve le grenier à fourrages; une rampe extérieure praticable aux charrettes chargées donne accès sur son plancher et permet d'y déposer le fourrage.

Une vaste plate-forme à fumier touche la grange et est masquée par elle; au milieu se trouve une citerne à purin. Un treillis établi tout autour soutient des pampres de vigne qui procurent pendant l'été un abri pour garantir le fumier des ardeurs du soleil.

La citerne à purin est reliée à l'écurie et aux autres étables par des caniveaux souterrains.

Une pompe à bras débitant 350 litres par minute est installée au-dessus du réservoir et verse l'eau dans une auge en pierre, au pourtour extérieur de laquelle sont accolés plusieurs tuyaux verticaux qui en traversent la paroi de part en part; chacun d'eux est le prolongement d'un système de conduites souterraines dont l'autre extrémité alimente un service particulier; chacun de ces orifices peut être fermé par un bouchon. Une chaudière d'une capacité de 55 litres avec robinet extérieur sert de plaque à la cheminée de la cuisine de l'habitation du maître et elle fournit toute l'eau chaude dont on peut avoir besoin.

M. Planteau est dépositaire de la pompe à incendie de sa commune; il peut s'en servir, à la condition de bien l'entretenir, et il l'emploie très-utilement à arroser ses choux cavaliers. Les meilleurs instruments que la mécanique moderne ait inventés se trouvent ici réunis.

Les champs sont divisés par des chemins d'exploitation avec bordures en gazon; des joalles ont été établies dans les différentes parties. Les rangs de vignes sont simples et à 12 m. de distance les uns des autres; ils sont dressés sur fils de fer et conduits suivant la méthode Guyot.

La fumure est abondante et riche. Le bétail, lors de la visite, se composait de 18 vaches presque toutes parthenaises, 6 bœufs, 3 veaux de 8 à 10 mois, 7 veaux de lait, 13 porcs adultes, 18 porcelets et 2 forts chevaux percherons; le tout estimé 14,870 francs, soit l'équivalent d'une tête de gros bétail par hectare de terres labourables et prairies; M. Planteau projetait d'y ajouter encore un troupeau de moutons à l'engrais.

Les fourrages d'hiver représentaient l'équivalent de 66,000^k de foin. En 1859, on ne récoltait que 170 hectolitres de froment; en 1862, on en avait déjà obtenu 243; la même année les vignes avaient déjà donné 50 barriques de vin.

La comptabilité parfaite tenue par M. Planteau, grâce à ses habitudes antérieures, permettait d'évaluer exactement le chiffre des recettes et celui des dépenses. En résumant ces dernières par catégories, nous trouvons qu'une somme de 28,706 fr. 92 c. a été consacrée à des améliorations foncières; les constructions de toutes sortes ont coûté 40,273 fr. 48 c.; le matériel en instruments représente approximativement 7,500 francs. Au 1er juillet 1862, le bétail était évalué à 14,870 francs, soit, non compris la valeur de la propriété, une mise dehors générale de 91,370 fr. 40 c.

Dès 1862 le revenu dépassait celui de 1859 de 4,383 fr. 86 c., ce qui représentait déjà, au bout de 4 ans seulement, l'intérêt à 5 0/0 de la dépense effectuée; et il faut ajouter que les produits des terres vont nécessairement augmenter et que 9 hectares de vignes ne faisaient que commencer à donner quelques produits. D'où il résulte, dans l'opinion du jury, qu'avant une quinzaine d'années d'ici, tout au plus, le capital dépensé sera amorti et la valeur du domaine doublée au moins, avec des revenus proportionnels. Aussi la commission a-t-elle exprimé le regret que, trop modeste, M. Planteau n'ait pas présenté son exploitation pour concourir à l'obtention de la prime d'honneur régionale.

Ce propriétaire habile a trouvé dans la rectitude et la sûreté de son jugement deux grands moyens de succès; mais aussi des circonstances heureuses dont il a profité lui ont été favorables. Il avait à sa disposition les capitaux nécessaires; ses terres, toutes en plaine et en bloc, sont d'un accès facile; enfin, dans son intérieur, il a eu appui, dévouement, concordance de vues et de goûts.

Le premier prix a été attribué à sa magnifique exploitation.

Parmi les cultures spéciales de l'arrondissement de Bergerac, se trouve naturellement au premier rang celle de la vigne. Trois propriétaires se sont fait inscrire pour disputer les récompenses qui lui étaient destinées. Le premier, malgré les soins apportés à des opérations d'amendement, n'a pas paru à MM. les jurés avoir réuni toutes les conditions nécessaires pour concourir. Il a donc été mis hors de cause.

M. Labrousse, propriétaire à Laumède, s'est livré à la plantation sur une très-large échelle et avec une intelligence telle que la réussite a été complète. Il a abattu des terriers, fouillé des veines de terre et transporté par suite plusieurs milliers de mètres cubes pour assurer la reprise de 137,000 ceps enracinés qu'il a mis en place à raison de 5,000 par hectare; il a ainsi créé 27 hectares de vignes. Sur cette étendue totale, 12 hectares sont établis dans ses terres, joignant son habitation commune de Lalinde, et 15 à Molières, canton de Cadouin. Cette dernière plantation, placée loin de la surveillance habituelle du maître, a réussi, grâce au zèle et à l'intelligence du chef bouvier et vigneron que M. Labrousse a employé pour la réaliser. Malgré la sécheresse de l'année, et par suite du défoncement et des terres rapportées, la vigne offrait une vigueur remarquable. Tous les pieds sont échalassés; le propriétaire, pour les maintenir en bons rapports, avait, cette campagne, employé 75,000 litres de composts. Avant peu sa récolte sera considérable et, ayant planté 2 hectares en 1859, 10 en 1860, 10 en 1861 et 5 en 1862, il avait déjà obtenu 24 barriques l'année précédente. Les 27 hectares lui ont coûté, pour tous frais de plantation, 14,000 fr. Les vignes sont garnies de 2,185 pruniers d'Agen de la plus belle venue et pincés avec les plus heureux résultats. En outre, à Laumède est établie une collection d'arbres fruitiers des meilleures espèces. Quant aux cépages, ce sont ceux principalement cultivés dans l'arrondissement de Bergerac. Une médaille d'argent a été décernée à M. Labrousse.

La commission s'est transportée chez M. Marcon, dans la commune de Lamothe-Montravel, canton de Vélines. Là, elle s'est trouvée en présence d'une riche culture, conduite d'après la méthode adoptée par M. Cazenave, de La Réole. Les journaux agricoles et ceux qui traitent particulièrement de la viticulture ont souvent, monsieur le ministre, décrit ce procédé. Nous n'insisterons donc pas pour le faire connaître en détail, et nous nous contenterons d'exposer succinctement ses avantages incontestables, dans la position où se trouve l'exploitation de M. Marcon.

L'établissement et le palissage n'exigent que 1,100 piquets, tandis que la plantation en plein en demande 10,000. Le palissage ne coûte, d'après le système Marcon, que 445 fr., tandis que, suivant la pratique habituelle, il revient à 1,000 fr. Il y a, de plus, facilité et économie de main-d'œuvre par la nouvelle culture.

2

Lors de la visite du jury, 4 hect. 3/4 étaient dressés et 9 hect. 3/4 allaient l'être. Le rendement de la vigne en plein ayant été dans le domaine, en 1862, de 36 hect. par hectare, celui de la vigne à cordons palissés sur fil de fer a été de 60 hectol. sur la même surface et pour le même exercice. En 1863, la vigne en plein a fourni 37 hect. 62, les rangs conduits à cordons 107 hect. 80, le tout par hectare.

Ainsi donc, réduction considérable des frais de premier établissement, économie sur ceux de culture et rendement beaucoup plus important.

M. Marcon a justement reçu la grande médaille d'argent de l'Empereur, hors classe.

Les drainages, qui ne manquent pas d'importance pour certaines parties de l'arrondissement, ont valu un premier prix à M. le marquis de La Valette, ancien ministre de l'intérieur, pour sa propriété de Cavalerie, située près Bergerac, et un second prix à M. Houreau de la Source, à St-Aubin-d'Eymet.

M. Durand de Corbiac, sur la proposition des ingénieurs des ponts et chaussées, a reçu une médaille d'argent pour ses belles irrigations. Une médaille de bronze a été attribuée pour le même fait à M. Marcon, dont il vient d'être question.

Pour la culture du tabac, 10 médailles ou mentions ont été distribuées.

En 1864, les primes d'honneur départementales ont dû céder la place à la grande prime d'honneur régionale décernée par le gouvernement et qui, pour la première fois, était disputée dans la Dordogne. L'année suivante, l'émulation s'est manifestée plus que jamais, et quand la commission de la Société s'est présentée dans le petit *arrondissement de Ribérac*, elle n'avait pas à juger moins de quinze domaines ou cultures appartenant dans cette circonscription, la moins étendue du département, à autant de concurrents.

Celui qui a paru digne de l'emporter sur tous pour l'ensemble, a été M. le vicomte de Segonzac, propriétaire de l'exploitation de ce nom, dans la commune également dénommée, canton de Montagrier, et qui avait été l'année d'auparavant classé pour une médaille d'or par le jury de la prime régionale. Ce qu'il présentait au concours formait 2 réserves, embrassant 122 hectares, répartis ainsi qu'il suit : prairies naturelles, 15 hectares; vignes, 14; terres labourables, 90; cours et jardins, 3. Sur ce total sont occupés par : les céréales (froment en presque totalité), 27 hect. 50; luzerne, 7 hect. 50; sainfoin, 16 hect. 30; grains sarclés (fèves et maïs), 7 hect. 70; pommes de terre, 7 hect. ; betteraves, 3; topinambours, 2; avoine, 6 hect. 20;

trèfles, 3 hect. 50 ; farrouch (trèfle incarnat), 4 hect. 30 ; jachè-res, friches, etc., 5 hectares.

En bétail, on comptait 26 bœufs, 8 vaches, 2 génisses, 2 tau-reaux, 5 chevaux, 3 veaux de lait, 6 truies, 2 verrats, 28 por-celets, plus un troupeau de moutons gras.

L'assolement est quadriennal, mais, par le fait, il est de huit ans, au moyen de l'alternance des racines entre elles et du trè-fle avec les fourrages verts. Cependant, quand les circonstances l'exigent, il subit quelques modifications.

Les instruments de culture sont nombreux et variés; le rap-port de l'honorable M. Coignet a signalé : 10 charrettes à bœufs, trois chariots à cheval, trois charrues Howart, 7 Dombasle, 10 araires du pays, une fouilleuse, 2 buttoirs, 2 houes à cheval, 5 herses en fer, 2 en bois, 2 batteuses, 2 égrenoirs à maïs, trois tarares, un concasseur de grains, 2 coupe-racines, trois hache-paille, enfin une bascule à peser les bestiaux.

Un toit accolé en dehors de la cour du château sert à remiser les fumiers lorsqu'on ne peut les porter sur les terres à leur sortie de l'étable. Un réservoir à purin y est joint.

Il est impossible de voir des luzernes plus belles que celles de Segonzac. Les vallons, qui souffraient d'une trop grande humidité, ont été drainés en grande partie. Les blés étaient fort beaux et d'une grande égalité ; les betteraves et pommes de terre étaient dans un excellent état.

Plusieurs kilomètres de chemins d'exploitation ou autres ont été créés ; des rigoles ont été creusées sur un développement pareil pour empêcher, en les recevant et les contenant, les eaux pluviales de raviner les vallons. Les bois ont été regarnis au moyen d'arbres verts; une pépinière d'arbres forestiers a été établie pour remplacer les manquants. On a planté en vignes des coteaux arides et crétacés; les vignes exigent d'une manière impérieuse des travaux d'entretien qui sont bien entendus.

M. de Segonzac a voulu améliorer son bétail en y introduisant du sang durham. A cet effet, il a acheté 2 génisses pleines, de cette race, dont les descendants lui ont valu des prix à divers concours. Il a employé ses mâles pour faire du métissage avec des limousines bien choisies, et il citait, nous dit le rapport, 2 bœufs issus de ce croisement, appartenant à un de ses voi-sins, qui travaillaient aussi bien que les bœufs périgourdins, quoique se nourrissant à moindres frais, en raison de l'aptitude que leur a donnée le sang durham. Si un pareil résultat venait à se confirmer, continue le rapport, il serait très-important qu'il fût constaté : ce serait en effet un avantage considérable pour la contrée d'avoir des animaux bons pour le travail, qui fussent en même temps plus précoces pour l'engraissement que la race limousine. Mais, ajoute le même document, on ne doit pas perdre de vue cependant que la configuration très-tourmentée de la majeure partie des terres de la Dordogne, exigeant un développement considérable de force de la part des attelages, on doit être très-circonspect dans le jugement définitif de cette question délicate.

A Segonzac, tout a été amélioré successivement et de longue main. Les résultats financiers sont venus donner une sanction favorable à la direction suivie. La récolte du blé qui, en 1850, donnait 131 hect. à Segonzac, a été portée à 416 en 1864; celle de la seconde réserve est passée de 63 hectol. en 1857 à 195 en 1864. Le revenu net, qui était de 1,421 fr. en 1850, est arrivé à 12,510 fr. en 1864. Le profit annuel fait sur le bétail atteint, à Segonzac, 10 à 11,000 francs. Enfin, un riche et honorable trophée de médailles donne la preuve que les efforts de M. de Segonzac ont trouvé des approbateurs dans tous les concours où il s'est présenté.

Si pour mieux marquer la différence qui existait, suivant lui, entre M. le vicomte de Segonzac et ceux qui ont présenté leurs exploitations au concours en même temps, le jury, en lui attribuant la médaille d'or, a laissé sans emploi la seconde prime, on n'en doit pas moins citer avec éloges les efforts de M. de Larivière, propriétaire à Chantérac, commune de St-Médard-de-Mussidan. Son domaine se compose de 227 hectares comprenant 8 métairies, et en plus d'une réserve de 9 hectares, dont 7 en vignes et 2 en tabac. Toutes les terres composant cette propriété sont situées dans la plaine de la vallée de l'Isle. La vigne de la réserve a été drainée en grande partie; elle est conduite sur fils de fer avec branches à bois et branches à fruits; elle est cultivée avec la houe à cheval et très-chargée de raisins. Dans cette réserve, se trouvent 5 vaches gatines qui sont employées à nourrir des veaux coûtant 25 à 30 fr. à 15 jours et revendus 130 à 150 à 3 mois; il y a en outre deux poulinières suitées.

Suivant l'état fourni par M. de Larivière, la production du blé, pour sa part dans les métairies, se serait élevée de 204 hectol. en 1858, à 390 en 1864. Toutefois, il a paru au jury qu'il n'y avait pas assez de terre réservée pour la culture des fourrages et des racines. Le bétail se compose de 60 vaches et de 6 bœufs; il est généralement d'un très-heureux choix et consiste en bêtes provenant d'un croisement des races limousines et garonnaises. Mais les étables laissent un peu à désirer sous le rapport d'une aération suffisante et de quelques détails d'installation. On compte 20 truies dans les métairies toutes de race périgourdine, qui, croisées avec un verrat anglais, donnent des produits remarquables qu'une bonne nourriture contribue encore à améliorer. D'après la déclaration du propriétaire, le revenu net du cheptel vivant des métairies a été, en 1864, de 8,644 fr. pour la part du maître.

M. de Larivière a semblé au jury mériter une médaille d'argent.

Au milieu de la Double, ce pays déshérité, qui s'étend sur une si grande partie de l'arrondissement de Ribérac, M. Navaille père prit en 1857, dans la commune d'Échourgnac, à la Grande-Forêt, une terre à l'état de lande et de mauvais bois. Elle ne produisait que 4 barriques de vin et 15 hectolitres de blé; il l'a amenée à donner aujourd'hui 80 barriques de l'un et 200 hectolitres de l'autre.

Elle se compose de 113 hectares, dont 80 en culture, et le reste en bois. Les bâtiments étaient encore insuffisants et mal construits. Mais M. Navaille fils avait déjà commencé à les remplacer par d'autres mieux appropriés à leur destination. Le cheptel se composait de 8 bœufs, 2 chevaux et 8 génisses. M. Navaille fils venait de succéder à son père, trop tôt enlevé par la mort à l'agriculture. Il comptait augmenter incessamment le nombre de ses chevaux de travail. L'assolement est biennal : pommes de terres fumées en première année, blés en deuxième année, fortifiés d'un peu de guano, suivis d'un trèfle incarnat en récolte dérobée. Les vignes plantées en joalles et à la barre, sur le pied de 5,000 ceps à l'hectare, occupaient une superficie de 20 hectares ; les transports de terre y ont produit des effets merveilleux. La *folle blanche* y domine ; elle est taillée à long bois. On recherche surtout la quantité des vins. Les bois du domaine de la Grande-Forêt sont convertis en charbon pour la vente.

M. Navaille se préparait à travailler avec des instruments perfectionnés; malheureusement il n'avait pas encore tenu de comptabilité; mais tout porte à croire qu'avant peu, sous tous les rapports, son domaine sera l'un des plus remarquables du pays, au point de vue de la pratique surtout. La commission lui a décerné avec plaisir une mention honorable.

Elle n'a pu attacher aucune récompense à la tenue d'une petite réserve inscrite au concours, où il y avait certainement des améliorations notables, mais dont l'absence de comptabilité ne permettait pas d'apprécier suffisamment les progrès et où quelques détails importants laissaient encore à désirer.

M. le baron d'Arlot de Saint-Saud, à la Vallouze, près Larochechalais, a créé un ensemble de prairies de produit et d'agrément qui est extrêmement remarquable. Le drainage lui a servi à réunir les eaux pluviales et de suintement, en quantité suffisante pour maintenir les herbes en état de fraîcheur, ce qui lui a valu, pour ce fait, une médaille de bronze.

Dans la commune de Saint-Michel-Léparon, M. Claverie, à Saint-Sicaire, par le drainage et le desséchement, a eu pour but : 1° d'assainir un petit vallon dit la Nauve du Renard, et d'en convertir la surface en prairie irriguée, sur une longueur de 500 mètres et une largeur de 40 mètres environ ; 2° d'assainir une partie du vignoble de Saint-Sicaire sur 3 hectares ; 3° enfin, d'obtenir le même résultat sur une autre partie du vignoble dit de Lespic, et d'une superficie de 12 ares.

Pour rendre plus profitable l'arrosage du vallon de la Nauve du Renard, on y a construit deux bassins superposés ; l'un reçoit et réunit les eaux pluviales et d'égouttement provenant des bois qui dominent le vallon ; l'autre est alimenté, à volonté, par le premier, et on y met, quand on veut irriguer, du fumier destiné à corriger l'astringence des eaux forestières. Outre ces travaux, quelques mouvements de terre ont été effectués pour régulariser la surface du terrain. Les eaux surabondantes des drainages se versent dans un étang dont les bords, jusqu'alors impraticables, ont été exhaussés. Le drainage, exécuté sur les vignobles, a obtenu un bon effet. Les drains voisins des bouches de décharge sont construits d'après un système particulier : le tuyau de sortie y est un peu plus élevé que le tuyau d'amenée. L'expérience démontrera si les inconvénients de ce système sont moins grands que ses avantages ; une seule chose, dit le rapport, sur cette partie de l'exploitation de M. Claverie, reste dans l'ombre : à combien s'élève la carte à payer ? La commission se l'est demandé, et toutefois, en présence des améliorations acquises, du bien réalisé et du bon exemple donné, elle a reconnu le mérite du drainage de M. Claverie par une médaille d'argent.

M. d'Arlot de Saint-Saud a dû faire des dépenses considérables, autour de la Vallouze, pour créer des prairies dans un lieu stérile et privé de sources ; on a regretté de ne pas connaître le détail des sommes employées. Non-seulement M. d'Arlot ne laisse pas perdre une goutte d'eau, mais il en augmente la puissance fertilisante en mélangeant ce liquide avec toutes les déjections animales qu'il peut se procurer, soit chez lui, soit au dehors. Aussi, avec neuf hectares de prairies naturelles et quatre de racines et de fourrages artificiels, entretient-il, à ce qu'il affirme, l'équivalent de vingt têtes de gros bétail sur un sol de Double détestable, là où quatre maigres bœufs avaient auparavant peine à vivre. Il a également présenté au concours, pour les travaux d'irrigation, un pré de 12 hectares 44 situé dans la commune de Bourg-du-Bost, dans la vallée de la Drône. Une médaille d'argent lui a été décernée.

De nombreux compétiteurs se sont fait inscrire pour disputer les prix attribués aux vignobles. L'un d'eux, n'ayant pas fait connaître ce que ses vignes lui ont coûté ni ce qu'elles lui rapportent, a été mis hors concours.

Une médaille de bronze a été donnée à M. de Montéty, au Pouyaud, près Mussidan. Par ses soins combinés avec l'emploi, sur une grande échelle, des chiffons de laine, il est parvenu à rétablir en bon état une vigne de huit hectares qui avait été fort négligée; il y introduit la taille Guyot.

M. de Lage de Lombrière a conquis sur les landes deux vignobles, l'un de neuf et l'autre de cinq hectares, qui sont en très bon état de culture. L'agencement des ustensiles, des vaisseaux vinaires et du cuvier est bien entendu. L'hectare rend, en moyenne, 12 barriques, et lorsqu'on brûle le vin, cinq barriques de vin suffisent pour en obtenir une d'eau-de-vie; la *folle-blanche* est le cépage dominant. Médaille de bronze à M. de Lage.

Même récompense à M. Belisle, à Celles. Il a, en 1855, planté deux hectares sur un terrain complétement en friche. La culture a été parfaitement entendue; les tailles longues ou courtes sont employées concurremment, suivant la nature du cépage. Dès la neuvième année, les deux hectares ont fourni 68 hectolitres de vin valant 1,200 fr., et le produit net a été, à peu près, de 800 fr. A la fin de 1864, toutes dépenses payées, le produit des vendanges se soldait avec un excédant de 622 fr. 25, amortissement compris. Ainsi l'on avait en caisse la somme ci-dessus, et de plus deux hectares de vigne en pleine vigueur qui ne coûtent rien.

Nous avons parlé de M. Claverie, de Saint-Sicaire. Ses vignes ont une étendue de 22 hectares; une partie est échalassée, l'autre est conduite sur fil de fer et travaillée à la charrue vigneronne; elles sont parfaitement tenues. Par malheur, M. Claverie n'avait point encore de cave, chose importante pour la conservation du vin. Il a obtenu une médaille d'argent.

Mme veuve Vincent et son fils aîné Jacques, à Festalemps, ont exécuté une plantation de vignes embrassant 30 hectares. La terre achetée par eux a doublé de valeur entre leurs mains. Ils y ont introduit la culture charentaise de la vigne. Mme veuve Vincent travaille elle-même de ses mains; elle a émerveillé la commission en lui donnant tous les détails de la culture et de la taille, telle qu'elle est usitée dans la Charente. Chaque cépage a un mode particulier de taille avec sa raison d'être expliquée d'une manière nette et précise. Chaque cep est observé.

et s'il s'obstine à ne pas donner de récoltes normales, il est impitoyablement remplacé par un autre cépage. C'est, dit l'honorable rapporteur, qu'un carré de vigne est un bataillon qui fait campagne, et où l'on n'admet que les plus valides.

Les vins sont généralement consacrés à la chaudière comme dans les Charentes. Les sarments ne sont pas attachés à des échalas, mais ils sont étalés rayonnants autour du cep dans un espace où la terre est légèrement déprimée comme une espèce de cuveau. Cette culture se distingue avec supériorité de celles qui l'environnent, et les voisins, qui avaient commencé par se moquer de la famille Vincent, finissent par l'imiter.

Trois salves d'applaudissements ont salué avec une énergique unanimité de la part d'une foule immense, Mme Vincent et son fils, lorsqu'ils sont venus recevoir leur médaille d'argent.

Les défrichements sont d'une haute importance dans le Ribéracois, qui renferme les pays de Double et du Landais, où la culture a encore tant à faire. Déjà l'on peut constater qu'ils s'y étendent d'une manière rationnelle, régulière et fructueuse.

Possesseur d'une mauvaise terre, en pièces éparses, aux environs de Monpont, et comprenant une vingtaine d'hectares, M. Morange est parvenu à la fertiliser au moyen de poudrette, à la dose de 20 hectolitres, et de guano, à celle de 200 kilog. par hectare. L'une lui revient à 4 fr. 25 l'hectolitre, l'autre à 36 fr. les 100 kilog. Par leur moyen, le produit s'élève jusqu'à 24 hectolitres par hectare ; de plus, 6 autres hectares 50, également défrichés, ont été convertis en plantation de vignes, produisant 25 barriques de vin à l'hectare, au prix moyen de 30 à 40 fr. l'une. Un métayer laboure les vignes et est nourri ; à sa suite, un vigneron fait le reste du travail, à raison de 24 fr. par hectare, plus la moitié des sarments. M. Morange a été honorablement mentionné.

Une médaille de bronze est devenue la part de M. de Lage de Lombrière, dont il a déjà été question, et cela pour des défrichements très-bien entendus, sur lesquels une partie de ses cultures est établie.

M. Alfred de Lafaye a entrepris sur sa propriété de Ponteyraud, située au chef-lieu de la commune de ce nom, un immense travail de mise en valeur des terres que le jury a visité avec le plus vif intérêt. Sur une étendue de 300 hectares environ, il en avait déjà, lors du passage de la commission, défriché 140, dont 40 en prés arrosés par la Rizonne, 70 mis en vigne en pleine Double, 10 en trèfles, fourrages et particulièrement luzernes magnifiques, 20 en cultures diverses. Le bétail entretenu se composait, dès-lors, d'un taureau limousin, huit vaches, dix bœufs, quatre chevaux, deux génisses, quatre-vingts brebis, trois truies et deux porcs à l'engrais. Un barrage construit sur la Rizonne permettait d'arroser les prés naturels, mettait en mouvement une force employée à faire, au besoin, marcher une scierie, et faisait fonctionner une pompe qui élevait les eaux dans un réservoir, d'où elles sont dirigées sur les carreaux du jardin et autres lieux trop élevés pour jouir d'une irrigation naturelle. Dans les vignes, la *folle-blanche* est le cépage adopté, le vin devant être converti en eau-de-vie ; elle est conduite sur branches à bois et branches à fruits. Des allées de 6 mètres de largeur sont disposées de loin en loin pour faciliter la circulation. Le vignoble est travaillé avec de petites charrues vigneronnes attelées d'un bœuf seul.

C'est une immense entreprise conduite avec courage, intelligence et économie, dont un avenir prochain consacrera le succès.

La création de prairies, le drainage, l'assainissement de nauves et l'endiguement d'étangs, les plantations économiques de vignes, les irrigations enfin, voilà le véhicule de la fortune dans la Double ; voilà ce qu'on doit principalement à MM. le baron d'Arlot, Claverie et Alfred de Lafaye. A ce dernier, la commission a cru devoir accorder une récompense toute spéciale. Elle lui a donc décerné une médaille d'honneur de l'Empereur, en argent, grand module.

Elle aurait désiré pouvoir juger de l'efficacité des moyens mis en usage pour la régénération des bois ; mais, par malheur, le propriétaire sur lequel on avait compté pour cela, ne s'est pas trouvé chez lui lors de la visite du jury, et aucun renseignement utile n'a pu être pris par suite. Elle a l'espoir qu'une question si intéressante sera reprise par le comice central et que les efforts faits seront mis en lumière au profit de tous.

En 1866, l'on avait à juger les *exploitations du Nontronnais*. Ce pays présente une physionomie particulière dans le département de la Dordogne. Il participe à la fois des cultures de la Charente à l'ouest, au sud de celles du Périgord, au nord et à l'est de celles du Limousin proprement dit. De ces diverses régions, la plus septentrionale, arrosée de nombreux courants d'eau, est riche en bois, en vastes prairies naturelles, et s'adonne fructueusement à l'élève du bétail, qui est sa principale industrie agricole. Les autres, reposant sur un sol plus ou moins calcaire, montrent des vignobles et des maïs unis au froment et marquent d'une manière tranchée la transition des climats de montagnes à ceux du midi de la France. Naguère privé, si ce n'est dans quelques parties, de voies de communications faciles, cet arrondissement, le plus au nord et le plus froid de la Dordogne, couvert de forges nombreuses qui tendent malheureusement à disparaître aujourd'hui, était resté longtemps, pour ainsi dire, indifférent aux progrès de l'agriculture. Au reste, les ressources précieuses de plus d'un genre qu'il renferme devaient, dès que l'éveil s'y serait manifesté, le placer immédiatement à un rang distingué; c'est ce qui n'a pas manqué d'avoir lieu.

Lors donc que le tour du Nontronnais est arrivé, vingt concurrents sont venus disputer les couronnes offertes tant pour l'ensemble que pour les spécialités, et dix-huit d'entre eux ont dû être mis en évidence avec des éloges mérités. Il a fallu au jury, pour suivre son itinéraire, parcourir plus de 350 kilomètres de route, car presque aucun canton n'a voulu rester en dehors de la lutte.

A Saint-Félix de Mareuil, M. Ludovic de Vandière a présenté au concours sa propriété de Mondévi, composée de 44 hectares 59 ares 25 centiares. Il a drainé, avec succès, des terres humides qui ont été ainsi beaucoup améliorées, sur une étendue de 15 hectares en terres labourables et en prés. Cette opération a été faite avec des pierres prises sur place, disposées au fond de la tranchée de manière à y laisser dans la partie inférieure un canal à section carrée, qui évacue ses eaux dans un fossé à ciel ouvert de 1^{m}20 de profondeur. Il a été ainsi dépensé 100 fr. par hectare environ, et le revenu des terres a été porté à 10 p. 0/0 de leur valeur vénale. Les chemins ont été ou créés ou améliorés; les bâtiments sont bien appropriés aux usages auxquels on les a destinés. Tous les labours à 35 centimètres de profondeur et les travaux des attelages sont exécutés par des domestiques; mais toutes les autres opérations d'entretien et de récoltes sont faites par des tierceurs qui reçoivent le sixième des céréales et la moitié des plantes sarclées pour prix de leur main-d'œuvre. Les récoltes sur pied étaient en bon état. Les terres qui en ont besoin reçoivent des chaulages de 10 à 12 hectolitres par hectare. On emploie le plâtre sur les fourrages et la cendre sur les plantes sarclées, où elle produit le meilleur effet. Les racines sont conservées pour l'hiver dans des caves ou des locaux préservés du froid par le voisinage des étables. Il y a de bons instruments aratoires.

Le propriétaire se plaît à l'élève de l'espèce chevaline et y réussit. Il y avait alors 5 juments suivies de leurs poulains, auxquels on a réservé une partie de prairie close par des fils de fer cloués sur de forts poteaux. Le reste du cheptel vivant se composait de 8 bœufs, 3 vaches, 1 élève, 25 moutons, 2 truies, 4 nourrains et 4 porcs. Le système de culture suivi est celui de la culture alterne. On a soin d'éloigner le retour sur la même sole des plantes qui souffrent de se succéder à elles-mêmes.

Le bétail est convenablement tenu et dirigé.

M. Ludovic de Vandière est donc dans une voie sûre et cultive en bon père de famille. Il est fâcheux seulement qu'il ne tienne aucune comptabilité. Le jury n'en a pas moins cru devoir lui décerner une médaille d'argent pour l'ensemble de son exploitation.

M. Louis de Galard de Béarn a mis en ligne sa terre de Connezac, dont la réserve est approximativement de 59 hectares et les revenus environ de 15,000 fr. Déduisant les frais de culture, estimés 3,000 fr., il resterait 12,000 fr.

C'est en 1846 et 1848 que M. de Galard a pris possession de Connezac, alors évalué 134,000 fr. et rapportant 3 p. 0/0 de revenu. Le sol en est, sur le plateau surtout, fortement argileux et tenace; les *mouillères* y sont nombreuses. M. de Galard obtint de l'administration départementale qu'un plan de travaux de drainage serait exécuté par un conducteur des ponts et chaussées. Il se mit ensuite résolument à l'œuvre. Ces travaux, ceux de construction de routes et de chemins agricoles, qui manquaient absolument, employèrent et firent disparaître des monceaux de pierres et de rochers dispersés sur les terres. Ils servirent aussi à fixer sur la propriété des ouvriers exercés qui auparavant allaient demander à des entreprises lointaines un salaire qu'ils sont maintenant assurés de trouver auprès d'eux.

Les bâtiments et constructions ont été l'objet de travaux importants. On a assaini et approprié les métairies, construit des citernes pour y emmagasiner les eaux pluviales ou y réunir le purin. Un bâtiment contenant pressoir, égrappoir et fouloir a été fait et l'ancien cuvier a été disposé de manière à pouvoir y remplir rapidement les cuves qui y sont renfermées.

Une distillerie a été placée dans le voisinage d'une fontaine dont les eaux sont utilisées comme réfrigérant. Un lavoir disposé pour le service du château et du public contribue, avec le purin des étables, à enrichir les eaux d'arrosage, et, par suite, les prés qu'elles baignent. Enfin, la grange, qui pouvait loger 6 bêtes à cornes, en contient maintenant 18; une bergerie nouvelle abrite 14 brebis et leurs agneaux; la porcherie renferme 8 sujets.

Un bâtiment de 150 mètres carrés de superficie et deux hangars, le tout construit par les soins de M. de Galard, offrent toute facilité pour placer en ordre et à couvert les récoltes encombrantes, les litières, bois de construction et toute la machinerie agricole, qui est au complet à Connezac.

Les terres arables de la réserve sont partagées en 5 soles

comprenant : 1° plantes sarclées avec fumure de 80,000 kilogrammes ; 2° froment ; 3° trèfles ; 4° avoine avec fumure en couverture mélangée de cendres, suie et colombine ; 5° orge d'hiver suivie de récoltes dérobées, maïs, carottes, raves, etc. Mais le rendement de chacune de ces soles n'est pas indiqué. La comptabilité laisse beaucoup à désirer d'après ce que dit M. de Galard lui-même. Cette imperfection n'a pu qu'atténuer le mérite du lauréat, et M. de Galard, déjà titulaire en 1864 au grand concours régional agricole, de la médaille d'argent pour son domaine de Connezac, a reçu de la commission départementale la même distinction.

M. Bugeaud de Juvénie, dont le nom dans tout le Périgord est synonyme d'agriculteur expert et intelligent, a concouru dans la commune de Payzac pour sa réserve, qu'il estime représenter la moitié de sa terre, le surplus étant cultivé par métayers. En se reportant aux contenances cadastrales indiquées sur le plan fourni par M. Bugeaud, on trouve que les terres arables montent à 66 hectares, les prés à 76 et les pâtis à 5. Ce propriétaire, honoré par le jury de la prime régionale d'une grande médaille d'or pour la tenue de son domaine, ferait donc, d'après la commission départementale, valoir directement par domestiques et journaliers 33 hectares de terres arables environ, appuyées sur 40 hectares de prés au moins, car, ajoute le rapport, il est peu probable qu'il ait partagé les prés par moitié avec les métayers. Cette proportion de prés se trouve encore augmentée par le fait que M. Bugeaud, soit pour équarrir des limites, soit pour tirer partie de terres fatiguées, a semé une dizaine d'hectares de ces dernières en bois dont il sera reparlé. Dans la position où se trouve l'agriculture du pays, diminuer l'étendue arable, augmenter ses prés et ses bois, par suite accroître considérablement son cheptel vivant et la fertilité de ses terres, tel a été le système suivi ; on ne peut que l'approuver.

Avec le foin retiré des prairies, environ trois hectares de pommes de terre, 2 hect. de carottes et betteraves, et 2 hect. de choux, on entretenait à Juvénie 16 bœufs, 16 vaches, 7 veaux, 4 chevaux, 8 porcs et 9 nourrains. Les bêtes à cornes étaient de race limousine de forte taille.

La rotation adoptée est quadriennale : plantes sarclées, blés, trèfle, avoine. Pour éviter le retour trop fréquent du trèfle, il est remplacé de deux fois l'une par d'autres légumineuses, telles que jarosses et trèfle incarnat suivi de blé noir.

On a admiré une grange spacieuse et bien distribuée contenant 16 bœufs, 16 vaches et 7 veaux. Un vaste fenil en occupe l'étage supérieur. Les ressources fourragères étant beaucoup augmentées par suite de l'accroissement de fertilité des terres et prés, M. Bugeaud se disposait à faire élever une nouvelle étable pour 12 bêtes à cornes. Le fumier est transporté dans les terres immédiatement à sa sortie de l'étable sans le mettre en tas. Au besoin on emploie par hectare 120 quintaux de chaux qui durent une dizaine d'années.

Plusieurs terres trop humides ont été drainées au moyen d'empierrement. On a créé, au sommet des anciennes et des nouvelles prairies, des étangs destinés aux irrigations.

Mais ce qui est d'une beauté remarquable dans l'exploitation de M. Bugeaud, ce sont les taillis chênes et châtaigniers qu'il a créés par des semis sur quelques anciennes terres en labour et surtout sur des défrichements suivis d'un écobuage et de deux années de culture de seigle et d'avoine, après lesquelles arrive le semis forestier. On ne peut se faire une idée de ces taillis à moins de les avoir vus; ce sont des fourrés impénétrables.

M. Bugeaud en cite un de 3 hectares environ qu'il a vendu 8,700 fr. pour carassonne à l'âge de 17 ans, tout le fagotage restant au propriétaire. C'est un produit de 170 fr. par an et par hectare, sans tenir compte des intérêts composés. M. Bugeaud en a semé ainsi 112 hectares, et il doit en avoir eu à couper depuis, 53 hectares qu'on évaluait alors 60,000 fr.

Il a fait exécuter un assez grand développement de chemins pour l'exploitation de sa propriété. De plus, la route de Payzac à St-Yrieix a été établie à ses frais sur la partie de 1,600 mètres qui traverse le domaine.

La comptabilité se résume en deux livres, recettes et dépenses. Un troisième livre auxiliaire sert à l'inscription des journées. Peut-être n'est-ce point encore suffisant et pourrait-on demander un système qui permît mieux de juger quelles sont les opérations agricoles, ou quelles sont les cultures qui se soldent en profit, et quelles sont celles qui occasionnent de la perte.

Le cheptel vivant, dont la composition vient d'être donnée plus haut, valait 20,520 fr. Les granges avaient coûté 19,500 fr. Les étables à porcs, 5,800 fr. Les 1,600 mètres de route qui traversent la propriété avaient amené un déboursé de 3,672 fr; beaucoup d'autres dépenses de même nature étaient à ajouter pour chemins d'exploitation.

M. Bugeaud évalue le tout à 50,000 fr. La commission a relevé le détail des récoltes de toute valeur qui ont été faites sur la propriété, ainsi que celui des denrées employées à la nourriture du bétail, qui monterait à 11,500 fr., si on le portait en compte.

Les recettes arrivent à un total de 15,470 fr. 50, les dé

penses à 6,495 fr. 90. D'où résulterait, d'après M. Bugeaud, un bénéfice net de 8,981 fr. 60. Toutefois la commission signale des omissions dans les dépenses, ce qui réduirait un peu le revenu net réel. Quoi qu'il en soit, disons avec le jury : Les travaux d'amélioration remarquables entrepris depuis 1833 par M. Bugeaud sur sa terre de Juvénie ont un caractère de fermeté, de persévérance et de sagesse qui mérite la reconnaissance des agriculteurs en général et de ceux de la partie est du Nontronnais en particulier. Placés dans des conditions analogues, les cultivateurs ne peuvent se tromper en suivant un pareil guide.

Les longues et fructueuses expériences faites par lui sur la culture des bois sont surtout d'un prix inestimable en raison des nombreuses années qu'elles exigent pour être menées à bonne fin. Son esprit lucide et spécialement propre à saisir le côté utile des choses, a été amené à cette conviction intime que dans l'état où se trouvaient alors les besoins du commerce, rien n'était plus profitable dans sa contrée que l'extension des bois et des prés. D'ailleurs, M. Bugeaud, qui récolte jusqu'à 600 hectol. de céréales de toute nature, a prouvé depuis longtemps qu'il sait faire venir autre chose que du bois, et, au lieu de la seconde, il eût à coup sûr conquis d'emblée la première place du concours si les considérations suivantes n'eussent fait pencher la balance en faveur de ses heureux compétiteurs, MM. Louis et Justin Vallade, de Nontron.

Ceux-ci ont concouru pour leurs trois métairies du Chatenet et du Bourdeix, situées la première à la porte de Nontron et les deux autres au Bourdeix même.

Le système agricole qu'ils ont adopté peut se définir, d'après l'expression de M. le commandant Coignet, par les trois mots suivants : *métayage avec progrès.*

Cette devise est aussi celle de l'honorable président du comice des trois cantons réunis de Nontron, Bussière-Badil et St-Pardoux, qui, lors du concours régional, reçut, avec toute justice, une médaille d'or pour la tenue de sa terre, exploitée par des colons partiaires, et qui, cette fois, pour ne pas disputer à ceux qu'il guide dans le chemin du progrès la récompense offerte au plus digne, s'est abstenu de concourir.

Nous allons voir comment les frères Valade l'ont mise en pratique et à quels résultats ils sont arrivés. C'est en 1844 qu'ils ont entrepris l'exploitation des trois domaines qu'ils possèdent en propre. Ils ont su inspirer, dès le commencement, à leurs métayers, une telle confiance, que ceux-ci se sont soumis à leur direction, en faveur de laquelle les bénéfices acquis en disent plus que toutes les descriptions que l'on pourrait donner.

Les chiffres que l'on va citer sont d'une exactitude rigoureuse.

Ils ont été puisés dans les registres de MM. Valade et offrent la marche de leurs affaires depuis 1844 sans interruption. Voici le résumé qui en a été fait par la commission et qu'elle a condensé de manière à le rendre susceptible d'être lu lors de la distribution des récompenses.

Le domaine du Chatenet a produit à ses propriétaires, pour leur part, en profit de bestiaux et en récolte, calculée par année moyenne, de 5 ans en 5 ans, commençant en 1846 inclus et finissant avec 1865, les sommes suivantes :

1re Période, 1,476 fr. 60 ; 2e période, 2,127 fr. 20 ; 3e période, 2,375 fr. 25 ; 4e, 2,872 fr. 10. Pour les métairies du Bourdeix l'on trouve dans les mêmes conditions :

Pour la 1re métairie, 956 fr. 40 — 1,250 fr. 80 — 1,464 — 1,572 fr. 60. Pour le second domaine, 818 fr. 40 — 1,032 fr. 30 — 1,313 fr. 80 — 1,097 fr. 10.

L'amélioration des revenus du propriétaire est successive et se soutient au point que les revenus du Chatenet ont été doublés en 20 ans pour le maître aussi bien que pour le métayer. Au premier domaine du Bourdeix, l'amélioration n'est pas aussi considérable, mais elle est de plus de 60 0/0 et va toujours croissant. Elle serait plus forte si on n'eût pas gardé en 1865 en augmentation une partie du cheptel qu'on aurait pu vendre. Pour le second domaine du Bourdeix, au lieu d'accroissement, la dernière période, comparée à la précédente, présente une diminution. En recherchant la cause, nous avons appris que le métayer qui le gère n'avait qu'un fils célibataire et une femme infirme ; il avait gagné 12,000 fr. dans son exploitation ; il avait acheté une petite propriété et allait l'habiter au mois de septembre suivant. Depuis 3 ans il hésitait à quitter. Aussi ses cultures s'étaient-elles ressenties de cette situation. Cette révélation rapprochée des chiffres est pleine d'enseignements.

Fort heureusement pour le canton de Nontron, les beaux résultats obtenus par MM. Valade frères ont eu un certain retentissement. Chacun s'est enquis des procédés qu'ils suivent pour les mettre en pratique à son tour. Ceux qui n'avaient pas le loisir de s'occuper de leurs domaines, ont prié avec instance ces messieurs de vouloir bien en prendre la direction. Il est résulté de tout cela pour les lauréats une situation agricole éminente et *unique* dans le département. En 1866, en effet, MM. Valade avaient *sous leur direction*, y compris les trois colonages qui leur appartiennent, *46 métairies*, cultivées par 123 hommes de 18 ans et au-dessus, 107 femmes de 18 ans et au-dessus, 82 garçons au-dessous de 18 ans, 56 filles au-dessous de 18 ans, 21 domestiques et 7 servantes ; *en tout, 226 hommes ou garçons et 170 femmes ou filles, soit près de 400 personnes soumises à leur sage et améliorante impulsion !* Les bêtes à cornes garnissant toutes ces exploitations, étaient au nombre de 341 d'une valeur de 139,930 fr. Les porcheries contenaient une population estimée 14,260 fr.

Avant que MM. Valade prissent la direction de ces biens, tous les cheptels réunis, morts et vivants, étaient évalués à la somme de 79,031 fr ; au moment du concours, ils se montaient à celle de 165,580 fr., c'est-à-dire qu'ils avaient plus que doublé. Ainsi donc, les récoltes fourragères et le fumier ont dû en faire autant, et le produit net a dû croître d'une manière remarquable. Dans les comptes de MM. Valade, il a été établi que l'accroissement du cheptel de leurs domaines propres, ayant été de 11,300 fr., celui du revenu a été de 2,391 fr., soit, à peu de chose près, 1/5 de celui du cheptel. Nous venons de voir que le cheptel des 46 métairies dirigées par MM. Valade s'est augmenté de 87,000 fr. Si les choses se sont passées partout comme chez eux-mêmes, il en est résulté une augmentation de 35,000 fr. de produits supplémentaires par an à partager par moitié entre les propriétaires et les métayers, et cela tout en donnant une augmentation de valeur au fonds territorial.

Quel est donc, s'écrie l'auteur du rapport, le lauréat de la prime d'honneur qui a pu apporter un pareil présent à son pays ?

Insistons plus particulièrement sur les exploitations dirigées par MM. Valade et disons avec M. Coignet : Outre le bénéfice actuel et immédiat en argent qu'ils ont valu par leur direction, n'est-ce pas plus encore que ces 397 personnes qu'ils inspirent en quelque sorte de leur souffle en améliorant, en éclairant leurs pratiques agricoles à la lumière de la longue et laborieuse expérience que leur esprit d'observation a su leur faire acquérir ? C'est beaucoup que cette jeune génération qui s'élève soit imbue de bons principes, que son esprit soit éveillé et son attention attirée par la spéculation et l'esprit de calcul qui fait arriver au but par le plus court chemin. Le secret du succès a été dans l'observation de cette loi, dont le texte est si souvent rebattu et si souvent méconnu : choisir les fourrages dont la culture correspond le mieux à la nature des terres dont on dispose, en augmenter la quantité et la qualité et les convertir en fumier. Les choux surtout réussissent admirablement dans ces terres argilo-siliceuses, et MM. Valade en ont obtenu une variété d'un rendement supérieur par le croisement du choux moellier avec le choux de Milan. Son excellence est tellement reconnue dans les environs de Nontron, que pour répondre aux demandes qui leur sont adressées, MM. Valade en ont gardé une grande quantité pour porte-graines. Les exploitations de ces agriculteurs offrent un grand mérite de plus que celles de beaucoup d'autres, celui d'avoir été améliorées au moyen du métayage. Le jury a pensé qu'il devait attribuer la première prime d'honneur pour l'ensemble à MM. Valade frères, non-seulement en raison de la bonne tenue de leurs domaines, mais encore pour la propagande efficace qu'ils exercent autour d'eux en faveur d'une agriculture pratique dont l'expérience a prouvé l'excellence.

Les drainages ont pris, dans l'arrondissement de Nontron, une extension plus grande que dans les autres parties de la Dordogne. Il devait naturellement en être ainsi, tant à cause de l'humidité du climat que par suite de l'imperméabilité fréquente du sol. On les exécute en pierres, soit en remplissant les fossés d'assainissement de cailloux brisés, soit en pratiquant dans la partie inférieure de ces tranchées de petits canaux composés de parois en pierres brutes, recouverts d'autres pierres formant ciel. On n'a généralement pas fait de drainage systématique ; on s'est guidé, pour la direction et le nombre des fossés couverts, sur la position et l'abondance des eaux dont on voulait se débarrasser. On a ainsi obtenu une économie notable dans l'exécution de travaux dont les résultats ont été satisfaisants. Il est cependant à regretter qu'on n'ait en général pas songé à réunir dans de grands bassins les eaux éliminées pour les faire servir à de fructueuses irrigations.

M. de Meynard est devenu acquéreur, en 1860, d'une petite propriété à la porte de Villars. Là se trouve un pré de 97 ares, en partie sec et dont l'autre partie noyée ne produisait que des joncs. Un bassin a été creusé dans le haut de cette dernière pour y réunir les eaux nuisibles provenant des fonds supérieurs. Quant à celles des terrains inférieurs, on les a dirigées dans une rigole commune et elles ont été employées à l'irrigation. On a asséché au moyen de fossés couverts remplis, sur 40 cent. de hauteur, de cailloux cassés. La dépense a été de 30 à 35 centimes par mètre courant. La cour de l'habitation a été assainie par le même procédé, et le canal qui reçoit les eaux d'infiltration évacue aussi celles de la rue et des chemins voisins, les eaux ménagères de la maison, les purins provenant de l'étable et de l'écurie et traverse en les balayant les fosses d'aisance. Tous les liquides passant dans ce canal principal sont versés dans une fosse, y déposent en grande partie les matières solides, et sont enfin employés à l'irrigation au moyen d'une maîtresse rigole, coupée par des rigoles transversales ; elle rencontre aussi de distance en distance quelques fosses moins grandes que la première, destinées comme elle à recueillir la vase qu'on en extrait pour fabriquer les composts.

3

Par des procédés analogues, quelques autres parcelles contiguës achetées plus tard ont été améliorées de même. Un marécage de 47 ares a été complétement transformé. Les travaux de M. de Meynard sont à l'abri de toute critique. S'ils s'étaient étendus sur un terrain plus vaste, ils lui auraient valu plus que la médaille de bronze qui lui a été décernée.

M. de Laugardière a drainé 10 hectares 26 ares au moyen de 2,053 m. de fossés couverts et de 1,711 m. de fossés simples servant de collecteurs. La dépense, à raison de 35 c. par mèt. courant de fossés couverts et de 10 centimes par mètre courant de fossés ouverts, s'élève à la somme totale de 889 fr. 65, environ 90 fr. par hectare. Les eaux du drainage versées dans les fossés ouverts, ainsi que les eaux pluviales, servent à l'irrigation des terrains inférieurs. L'accroissement de produits qui est résulté du drainage et l'amélioration de la qualité des fourrages ont été tels qu'on a pu doubler le bétail et par suite les fumiers. M. de Laugardière fait observer qu'il faut opérer avec prudence quand on draine les prairies qui ont toujours besoin de fraîcheur : il vaut mieux avoir à y revenir en ouvrant au besoin quelques nouveaux drains. M. de Laugardière a reçu une médaille d'argent.

M. Devars, au Puy, près Nontron, possède des terrains qui étaient presque des fondrières, sur un plan presque horizontal, et qui sont maintenant en grande partie fertilisés au moyen de 2,739 m. de fossés de drainage, et de 1,064 m. de fossés d'assainissement. Quelques-uns de ces fossés ont été garnis de tuyaux; tout le reste a été rempli avec des pierres. Les terrains traités par M. Devars offrant plus de difficultés à vaincre que ceux de ses concurrents, il a été classé en première ligne.

Les irrigations, nous l'avons dit, sont souvent une suite utile, un complément même nécessaire, des améliorations acquises par le drainage. Ainsi l'a pensé M. de Meynard, dont nous venons de parler. Utilisant tout ce qui était à sa portée, il s'est assuré l'usage des eaux d'égouts des terres et du village de Puyguilhem, qui lui fournissent en 18 mois 40 mètres cubes d'excellent terreau. Quant aux eaux dites sauvages, l'aération est un moyen de les améliorer. M. de Meynard le sait, et, joignant l'utile à l'agréable, il a embelli son paysage en les faisant tomber en cascade, du bassin où elles sont réunies, sur des rochers échelonnés sur leur parcours. Elles ne faisaient naître que des joncs, maintenant elles nourrissent de très-bon foin. M. de Meynard, par ses drainages et irrigations sur 2 hect. 15 ares, est arrivé à remplacer 6,000 kilog. de foin d'une qualité douteuse par 20,000 kilog. de bon fourrage, et espère parvenir à en obtenir 30,000. Il fauche trois fois ses foins et 5 fois ses luzernes, mais comme il n'a pu agir pour ainsi dire qu'en miniature, le jury lui a décerné seulement une médaille de bronze, tout en reconnaissant ses mérites grands et incontestables.

M. Martin, maire de Nontron, possède au Petit-Breuil, commune de St-Martial-de-Valette, vers le haut d'un coteau, une source abondante qui coule à 640 mètres de distance horizontale de son habitation. Il l'a fait conduire chez lui au moyen d'un tuyau en plomb. Les eaux, après avoir servi aux besoins du domaine, sont employées à remplir plusieurs réservoirs d'agrément; puis, après avoir reçu le purin des étables et les eaux ménagères, elles sont dirigées sur une prairie en pente d'environ 3 hectares, qui n'était autrefois qu'un coteau à peu près stérile. La dépense de la conduite s'est élevée à 2,500 fr.; la surface de la prairie, qui était autrefois de 60 ares, a été portée par l'opération à 3 hect. 34, et on y a récolté en 1865 pour 1,176 fr. de foin, non compris les regains, dont la valeur compense les frais de récolte. La médaille de bronze a été bien acquise par M. Martin.

M. Larret-Lagrèze, banquier à Nontron, exploite dans la commune de Milhac, canton de Saint-Pardoux, le domaine de Puyriol, où il fait des améliorations judicieuses; c'est ainsi qu'après avoir amendé une prairie de 1 hectare 60, il en a changé de place la rigole d'irrigation, qui y maintenait une trop grande humidité; en outre, il a exécuté des fossés couverts, et de la sorte ce pré, qui ne produisait que 80 quintaux de joncs, a vu son rendement s'élever à 160 quintaux de foin et 100 quintaux de regain d'excellente qualité. M. Larret-Lagrèze faisant le premier, dans son arrondissement et peut-être dans le département, l'application de la loi du 29 avril 1845, est parvenu à irriguer la partie supérieure d'un pré de 3 hectares 65. L'indemnité due aux propriétaires traversés a consisté dans la faculté que leur a laissée M. Larret-Lagrèze d'user de son eau au passage. Une médaille de bronze a récompensé cette entreprise réussie.

M. Devars s'est servi des eaux de bonne qualité, qu'il a recueillies dans deux parcelles drainées, pour arroser une prairie de 1 hectare 70; il a créé en outre depuis 4 ans une prairie sur une lande et l'a irriguée au moyen de barrages placés à 100 et 120 mètres des extrémités. Il a reçu une médaille d'argent.

M. de Langardière, qui a fourni des documents et des plans très-complets, a établi sur son domaine 3 hectares 58 de prairies nouvelles et en a amendé ou amélioré 8 hectares 93. Les eaux de drainage et de sources ont été employées aux irrigations. Partout où la configuration des lieux s'y est prêtée, de petits réservoirs ont été créés sur des points élevés; ils sont remplis

de fumier, dont les principes solubles fertilisent les eaux d'irrigation, et tous les 2 ans les résidus qu'on en extrait sous forme
de terreaux sont, avec les boues des chemins et les composts à
la chaux, répandus sur les prairies. La qualité de celles-ci s'est
améliorée, leur rendement a doublé, et les bêtes à cornes de la
propriété, qui n'étaient que 12 en 1847, sont 24 maintenant. A M. de Laugardière un premier prix et une médaille
d'argent.

Nous l'avons dit, il y a des vignobles dans le Nontronnais;
il en existe même un grand nombre; en rendre la culture plus
facile et plus rémunératrice est un point important pour
l'agriculture du pays. M. Larret-Lagrèze, à Puyriol, est en
possession d'un clos qui n'embrasse pas moins de 14 hectares 40,
dont la moitié est de création récente; les pierres nombreuses
qui le couvraient et qu'on avait amoncelées en tas énormes ont
été employées à construire une muraille de 500 mètres de
développement pour fermer deux de ses carreaux de vignes et
empierrer un chemin de circulation. Le roc étant près de la
surface, on est obligé de travailler à la main. La culture emploie
les colons de deux métairies et 8 familles de vignerons; déjà le
produit est pour le maître de 2,500 francs, somme qui tend
nécessairement à augmenter; avant l'extension donnée à cette
vigne, celle-ci ne lui rapportait que 400 francs. Le jury a
décerné une médaille de bronze à M. Larret-Lagrèze.

Depuis 1860, M. Vallabrègue a entrepris de convertir en
vignoble établi suivant les meilleures méthodes une châtaigneraie décrépite en sol argilo-siliceux qui ne lui rapportait en
réserve que 3 à 400 francs en tout. Au moment de la visite de
la commission, déjà 12 hectares 67 avaient été plantés avec la
plus grande régularité; les vignes avaient la plus belle apparence.
M. Vallabrègue, dans la note qu'il a envoyée, estime, d'après
le produit de ses premières créations, à 30 hectolitres du prix
de 20 francs l'un, soit 600 francs, le rendement brut moyen
par hectare; il croit que les frais ne s'élèveront pas par hectare
et par an au-dessus de 200 francs, d'où il résulterait un revenu
net pour le propriétaire, sur 12 hectares, de 4,800 francs au
lieu de 3 à 400 francs que produisait la vieille châtaigneraie. Il
y aurait probablement quelques modifications à faire à ce
compte d'exploitation, mais l'on n'en doit pas moins reconnaître que l'entreprise sera très-profitable. Dans le but d'augmenter
l'instruction de son régisseur, M. Vallabrègue l'envoie tous les
ans visiter les vignobles les plus renommés et les mieux tenus.
D'après son mémoire, il n'a pas craint de dépenser 40,000 francs
pour l'essai qu'il a fait, de sorte qu'il y a lieu de déduire du
revenu net et total de 4,800 francs par an les intérêts de la

somme ci-dessus, ce qui réduirait à 2,800 francs la rente fournie par ces 12 hectares. Un deuxième prix et une médaille de bronze ont été accordés.

La propriété de la Coudercherie, commune de Lempzours, près Thiviers, appartient à M. Boyer; elle a 97 hectares, dont 50 en vignes, qui sont plantées sur des sols divers, calcaires, argilo-siliceux et silico-argileux. La culture en est confiée à 5 colons et à 40 familles de vignerons qui partagent la récolte avec le propriétaire.

M. Boyer annonce avoir dépensé savoir : pour l'achat de la propriété, 80,000 francs; pour drainage, 6,000 francs; pour plantation de vignes, 20,000 francs; pour cuveries et chais, 30,000 francs; en tout, 136,000 francs. L'exploitation était estimée, en 1866, valoir 200,000 francs, d'où il résulterait une plus-value de 64,000 francs.

Les vignes sont plantées à l'équerre en tous sens et reçoivent quatre façons : fossoyage en mars, taille presque en même temps, bêchage en mai, puis épamprage et binage en juin; on y porte aussi des amendements pour entretenir la fertilité, à savoir : de la marne sur les terres non calcaires, de l'argile sur le sable et réciproquement; on fait aussi usage du fumier.

La cuverie est très-bien entendue et garnie de 7 cuves, dont 2 de 13 barriques et les 5 autres progressivement de 26, 30, 50 et 55 barriques. Le vin se tire et se conserve jusqu'à la vente dans des fûts de 600 litres de contenance qui ne sont pas ouillés. M. Boyer affirme qu'il vaut mieux ne pas ouiller que de le faire irrégulièrement; au reste, les bâtiments de récente création sont bien entendus, et M. Boyer, n'ayant pas d'eau courante à sa disposition, a construit sous le cuvier un réservoir cimenté qui est alimenté par des eaux souterraines.

La récolte moyenne consiste en 900 hect. ou 100 tonneaux partagés par moitié entre le maître et le vigneron, soit 450 hect. pour chacun. 10 hect. de jeunes vignes ne produisant pas encore, le revenu se rapporte à 40 hect. seulement, ce qui correspond à un rendement de 22 hectolitres 1/2 à l'hectare.

La moyenne du prix de vente étant 184 francs par tonneau à l'époque du concours, la récolte de 100 tonneaux devait produire alors 18,400 francs, dont la moitié pour le propriétaire, soit 9,200 francs, et autant pour les vignerons, ou, par hectare, 230 francs. Une médaille d'argent a été décernée à M. Boyer.

Nous passons maintenant à la sylviculture, qui est d'un grand intérêt pour le pays. Possesseur à Lachapelle-Montmoreau, canton de Champagnac-de-Belair, de la grande propriété de Lannet, composée de 194 hectares, dont 48 en taillis de chêne et de châtaigniers, M. le docteur Lavergne, après chaque coupe a fait regarnir toutes les clairières; il a de plus fait semer en bois une étendue de 6 hectares 55 de bruyère. Succès complet et médaille de bronze.

M. Louis de Galard de Béarn, à Champeau et Lussas, a fait boiser 24 hectares de terrain qui ne lui rapportaient rien; il les a peuplés au moyen d'un semis de pins de différentes variétés. La réussite de cette opération est de nature à pousser les propriétaires des terres incultes du voisinage à se livrer avec confiance à des améliorations de ce genre, dont M. de Galard qui, suivant les termes du rapport, est à la tête du progrès, leur a donné l'exemple. Ce qui lui vaut une médaille d'argent.

Depuis 20 ans, M. le marquis de Lagarde s'est adonné à des semis d'essences forestières sur son importante propriété de Lapouyade, située communes de Saint-Angel et de Quinsac. Ses semis se montaient déjà, en 1866, à environ 100 hectares de pins et 25 hectares de chênes et châtaigniers. Chaque année M. le marquis de Lagarde défriche et ensemence de nouvelles terres vagues et des clairières; il a acquis la conviction bien arrêtée que pour obtenir un succès certain il faut opérer sur un sol préparé par deux ou trois années de culture. Ces vastes opérations si bien dirigées ont été couronnées par un premier prix et une médaille d'argent.

Passée depuis quelques années par achat entre les mains d'un homme entreprenant, la terre de Puychenil, commune de Champeau, a été l'objet, de la part de la commission, d'études attentives pour trois spécialités diverses.

M. de Fontenay, son propriétaire actuel, ancien élève de Grand-Jouan, a complété ses études théoriques par un séjour de 2 ans en Ecosse, puis il a pratiqué l'agriculture dans le département de l'Allier avant de venir dans le nôtre. S'étant rendu acquéreur de la terre de Puychenil, dont l'étendue n'est pas moindre de 365 hectares, il a commencé par défricher une vingtaine d'hectares de landes pures en terrain silico-argileux au moyen d'une araire Dombasle modifiée par Bruet, tirée par quatre bœufs et pénétrant de 20 à 25 centimètres de profondeur; puis on a égalisé le terrain avec une forte herse Valcourt. On a ensemencé ce défrichement : 1° en seigle et en avoine d'hiver sur un second labour; 2° en seigle fait sur un seul labour depuis huit mois; 3° en avoine de printemps semé de suite après le labour.

Il se trouve aujourd'hui à Puychenil une véritable collection d'instruments agricoles comprenant : 9 charrues perfectionnées, dont 4 pour la réserve, des fouilleuses, des scarificateurs, etc., et enfin des instruments écossais pour biner et récolter les betteraves. Pour fertiliser les terres mises en culture, M. de

Fontenay n'a pas hésité à dépenser 1,000 francs pour se procurer 10,000 kilos de phosphate de chaux fossile qu'il a fait répandre sur ses 20 hectares de défrichement ; il a obtenu ainsi par hectare 20 ou 25 hectolitres de seigle valant 240 à 300 fr., là où l'on n'avait qu'une bruyère à faucher tous les trois ans.

Le compte des dépenses de toute nature faites à l'occasion du défrichement des 20 hectares en question s'élève à 2,564 fr. Le jury a décerné trois médailles d'argent à M. de Fontenay, l'une pour l'emploi des engrais commerciaux, la seconde pour celui des instruments abréviateurs, la dernière pour ses défrichements.

M. Laurençon, à Saint-Martial-de-Valette, a fait admirer aux examinateurs délégués, non-seulement de très-belles luzernières sur défrichement, mais encore sa culture en général et l'amour du progrès qui l'anime. Il a reçu pour ce fait un témoignage de reconnaissance par l'octroi d'une médaille de bronze.

Sur la belle propriété de la Malingie, commune d'Abjat, de nombreuses améliorations consistant en drainages, irrigations, création de prés et plantations d'arbres ont été faites par Mme Gilot de l'Etang ; le jury a été frappé de la tenue de ses jardins ; mais ce qu'il a le plus remarqué, ce sont les magnifiques pommiers à cidre qui forment une dépendance très-utile du domaine où le climat ne permet pas la culture de la vigne. Mme Gilot de l'Etang a reçu une médaille d'argent.

De nombreuses récompenses ont, comme les années précédentes, encouragé les meilleurs cultivateurs de tabac du département.

Dans *le Sarladais, l'année dernière*, le jury n'a point eu à couronner deux belles propriétés auxquelles, lors du concours régional de 1864, il fut décerné des médailles d'or et qui cette fois s'étaient retirées de la lice pour des raisons diverses. Mais, bien que le nombre de ceux qui sont entrés en ligne ait été relativement restreint, surtout en comparaison de ce qui s'est passé dans le Nontronnais, de nobles exemples ont pu être mis sous les yeux des agriculteurs, et des améliorations spéciales d'un haut intérêt se sont placées pour la première fois vivement en lumière. La lutte donc, si l'armée des combattants n'était pas nombreuse, n'en a pas moins été remarquable.

A la Faurelie, commune de Miremont, M. de Carbonnières a fait transporter à peu de frais une immense quantité de pierres très-abondantes dans les environs et qui lui ont servi à construire le talus d'un ruisseau dont il a redressé le cours en même temps qu'il a tenté un drainage dans des prairies marécageuses où n'avaient crû jusqu'à présent que le jonc et le roseau. Pour reconnaître ses efforts, une médaille d'argent a été accordée à M. de Carbonnières.

De marais livrés aux joncs et à la prêle, M. le comte Alexis d'Abzac, dans sa propriété de Peyredaille, a fait de riches et fertiles prairies en établissant au sommet de ses terrains de grands étangs en maçonnerie cimentée pouvant contenir les eaux des coteaux supérieurs qui, arrivant avec abondance au moment des grandes pluies, irriguent en temps convenable un espace d'une étendue de 2 hectares dont l'herbe, jadis trop courte pour être fauchée, donne aujourd'hui une abondante récolte, tandis qu'un drainage pratiqué au pied de la pente débarrasse les prés des eaux qui leur seraient nuisibles. Un compost composé de feuilles et de fumier de cheval a été le seul amendement donné; le succès a été complet.

Dans sa propriété de Badies, le même agriculteur, sur une colline parfois humide qu'il a fallu drainer et qui réclamait de nombreux transports de terre ainsi que des chemins devenus indispensables à cette nouvelle création, a donné à la culture de la vigne les soins les plus intelligents. 12 hectares ont été plantés en vignobles avec arbres fruitiers; ces vignes ont la plus belle apparence et promettent de si brillantes récoltes qu'il a fallu construire de nouveaux celliers. La dépense a été de 35,000 francs pour tous ces travaux. Avant peu d'années le produit s'élèvera à plus de 400 hectolitres de vin. La commission a accordé une médaille d'argent à M. le comte d'Abzac pour ses défrichements.

M. Magnère a établi près du Bugue un vignoble de 2 hect. 50, dont 85 ares sont disposés selon le système Guyot. Cette plantation est faite et conduite avec le plus grand soin; la vigne est plantée à 1 m. 33 en tous sens, bien taillée, soigneusement ébourgeonnée et très-bien échalassée; elle peut servir de modèle à ses voisins. Médaille de bronze.

Dans le canton de Domme, M. de Gérard, à Giverzac, a fait parcourir au jury son très-beau vignoble créé depuis peu d'années. Voulant mettre un terme à un triste état de choses par suite duquel il n'existait sur sa vaste propriété que 4 hectares de vignes en mauvais cépages, et manquant de bras, M. de Gérard se décida à faire venir du Quercy vignes et vignerons. Il entreprit alors la plantation de 15 hectares qu'il fit défoncer à la bêche et à la charrue, laissant 2 mètres de distance entre les rangs, ce qui permet de labourer la vigne avec des bœufs. On donne deux façons au vignoble en avril et en mai et dans les années pluvieuses en août; on sarcle à la main. La taille est fort bonne; le fruit, disposé sur trois branches en forme de vase, bien aéré, mûrit dans de bonnes conditions.

Le propriétaire a fait construire des pressoirs et des chais voûtés qui, superposés les uns aux autres, favorisent la fabrication du vin et sa conservation; cet établissement a vivement intéressé les membres de la commission. M. de Gérard a donc mérité une médaille d'argent.

Une création d'un genre particulier que l'on n'avait point encore eu l'occasion de signaler dans le département s'est offerte à l'appréciation du jury, au château de Condat-sur-Vézère. Là, M*me la comtesse de Mirandol a fait un essai de pisciculture d'autant plus intéressant qu'il était accompagné pour ses juges d'une comptabilité parfaitement claire et fort bien tenue. Cette entreprise, en bonne voie d'exécution et qui doit avoir de très-heureux résultats pour l'alimentation publique, a valu à M*me la comtesse de Mirandol, avec les remerciements de ceux qui étaient appelés à l'apprécier, une médaille d'argent.

Pour les cultures d'*ensemble* présentées au jury, de grands efforts ont été tentés, des travaux considérables ont été commencés, des améliorations importantes sont en voie d'exécution, mais jusqu'ici aucun résultat complet n'a été acquis, et la commission s'est vue dans la nécessité de déclarer qu'elle ne classerait pas de premier prix. Toutefois ce résultat fâcheux, uniquement dû à l'abstention que nous avons déjà signalée d'agriculteurs émérites, n'a point empêché de reconnaître et de rémunérer des actes vraiment méritants, des succès réels se dessinant déjà sur une vaste échelle.

C'est ainsi que ne possédant le domaine de Soufron que depuis dix ans seulement, M. Villemonte de Laclergerie, dans la commune de Fleurac, canton du Bugue, s'est signalé par des améliorations importantes. La vaste terre qu'il a recueillie par héritage, sur ses 220 hectares, produisait à peine de quoi payer ses impôts, en dehors des bois qui donnaient déjà d'importants revenus.

Les vignes ont été réparées, de nouvelles plantations ont été faites sur des terres en friche, tous les chemins qui étaient impraticables ont été mis en bon état et il a été donné généreusement, sur un parcours de 1,500 mètres, tout le terrain nécessaire pour arriver à la station du chemin de fer la plus voisine. Les prairies ont été refaites et augmentées en améliorant leurs produits, jusque-là mauvais, par un drainage intelligent; le cheptel a été considérablement accru, quoiqu'il soit encore trop faible; la culture du maïs a été remplacée par celle du trèfle et de la luzerne. Des constructions rurales, mais peut-être encore insuffisantes pour l'abondance des produits et le cheptel qu'exigerait l'étendue du domaine, ont été élevées.

M. Villemonte, pour ses travaux d'ensemble et les réparations de chemins vicinaux, a eu le second prix, une médaille de vermeil.

Depuis 1862 M. Roger, avocat à Périgueux, fait de nombreux travaux d'amélioration dans sa propriété, située à Rouffignac. Trouvant que la production du vin est la spéculation la plus avantageuse, il a donné tous ses soins à cette culture; il a fait venir de Libourne un vigneron et de bons cépages qui ont été plantés avec soin à joalles de 8 mètres et disposés sur deux rangs soutenus par des fils de fer.

Une plantation de pruniers d'Agen a été intercalée dans les rangs de vignes et offre des arbres bien taillés, d'une belle végétation et dont le produit est séché à moitié par des tierceurs qui, moyennant une part dans le bénéfice des cultures, taillent la vigne, lui donnent les façons qu'elle exige, ensemencent, travaillent les joalles et font enfin tous les travaux nécessaires aux plantes sarclées.

Les prairies ont été nivelées et drainées, la qualité du foin en a été augmentée ainsi que sa quantité. De plus 2 hectares de luzerne ont été créés dans le meilleur terrain; aussi a-t-on déjà 16 têtes de gros bétail au lieu de 4 que l'on pouvait à peine nourrir avant ces utiles changements et introductions; tout ceci est très-remarquable et promet pour l'avenir de beaux résultats. M. Roger se propose de continuer ce qu'il a si bien commencé, et la commission, désireuse de lui témoigner toute sa satisfaction en encourageant ses efforts, lui a décerné hors concours une médaille d'or pour la création de son vignoble et la plantation de ses arbres fruitiers.

Comme il a été dit plus haut, le concours des primes d'honneur dans l'arrondissement de Sarlat devait se distinguer des autres par la mise en saillie de spécialités qui, jusqu'alors, n'avaient pas été signalées à cette occasion. Nous avons vu tout à l'heure la pisciculture s'affirmer au château de Condat-sur-Vézère; maintenant nous devons faire connaître, et le faisons avec plaisir, de grandes améliorations apportées aux logements et à l'installation des ouvriers de la campagne. Ce point important a été l'objet des investigations de commissions particulières, dont les rapports ont été accueillis, par la Société, avec le plus vif intérêt.

Il y a plus de quinze ans déjà, qu'avant même de s'être occupé de sa propre demeure, M. le marquis de Maleville a mis la main à l'œuvre de transformation des bâtiments de ses domaines, situés dans les communes de Terrasson et de Domme, œuvre d'ensemble, poursuivie avec persévérance, et bien près aujourd'hui d'être complétement achevée. Dans trois métairies, aux portes de Terrasson, les bâtiments, plus que doublés pour les deux premières, ont été entièrement refaits pour la troisième, et toujours dans d'excellentes conditions, au point de vue de l'habitation et de la culture.

Les constructions ont été aussi considérablement augmentées et parfaitement aménagées sur le domaine de Fompeyrine, commune de Domme.

Mais c'est principalement sur sa terre de Caudon, dans la même commune, que M. de Maleville a réalisé, au prix de grands sacrifices et d'efforts persévérants, des améliorations de toutes sortes. Tous les bâtiments de la métairie du Château ont été réédifiés; les réparations et agrandissements dont ceux des métairies de Caudon, de Pascal et de la Bourgeoisie ont été l'objet, équivalent à une reconstruction.

Partout le logement est disposé convenablement pour la santé des personnes, et de manière à ce qu'il soit facile de séparer les sexes. Partout des étables et des granges bien aérées, spacieuses, suffisantes pour le logement du bétail et des fourrages, bétail et fourrages dont la quantité augmente tous les jours; partout, dès à présent, un résultat acquis, la satisfaction du colon dans ses besoins personnels, un encouragement à bien faire, la certitude que la sollicitude qui l'entoure le soutiendra dans ses efforts.

MM. Limoges, conseiller honoraire à la cour de Bordeaux, et le baron Lapeyre de Lapagézie, son gendre, ont fait élever des constructions remarquables pour le logement de leurs métayers dans la propriété de Contezac. Les bâtiments des sept métairies sont groupés les uns près des autres sur le flanc d'une montagne qui forme le centre du domaine, et présentent l'aspect d'un élégant village. Chaque métayer a, pour l'exploitation de son lot, une grange comprenant des étables spacieuses, et, pour son logement personnel, une maison composée et distribuée ainsi qu'il suit : cuisine centrale et chambre de chaque côté; au-dessous, cellier, bûcher et dégagement. Ces petites habitations, toutes réparées à neuf ou récemment édifiées et tenues avec une extrême propreté par les colons qui les habitent, sont remarquables par leur confortable et leur simplicité.

La Société, désirant appeler de plus en plus l'attention sur la nécessité de fixer l'homme au sol, en lui montrant que là est la plus grande somme de jouissances vraies, morales, de bien-être matériel, d'avenir pour ses enfants, et surtout de liberté et de contentement de soi, suivant les remarques judicieuses de M. le baron de Pignol, heureuse de voir ainsi donner, par les propriétaires, des marques d'intérêt éclairé pour les travailleurs, s'est empressée de voter à M. le marquis de Maleville une médaille d'argent de première classe, et à MM. Limoges et de Lapagezie une médaille d'argent.

Notre première tournée dans le département était finie ; l'administration nous a demandé de la clore en augmentant le nombre des médailles données pour la culture du tabac. Elle voulait, en cette circonstance, faire une revue générale de nos meilleurs praticiens en ce qui concerne la production et la préparation de cette plante. Nous nous sommes rendus à ses désirs, et plus de trente prix ont été accordés à ceux qui excellent dans une industrie agricole très-florissante dans la Dordogne, au grand profit du trésor.

Par cet aperçu succinct des travaux auxquels se sont livrés *depuis six ans* les commissions et jurys nommés par notre association départementale d'agriculture, Votre Excellence, monsieur le Ministre, reconnaîtra, nous n'en doutons point, et l'utilité de notre entreprise, et les résultats acquis déjà. L'émulation a été partout surexcitée ; des exemples frappants ont été donnés à nos agriculteurs ; des mérites nombreux et grands ont été reconnus, et ont montré que le progrès ne s'arrête point parmi nous, que l'action de notre compagnie est sur nos populations vive et puissante. Malgré la faiblesse des récompenses que l'exiguité de nos ressources financières nous permettaient d'offrir, *cinquante-cinq concurrents* se sont présentés au combat avec des titres divers et tous glorieux, aux couronnes promises. Bien que, dès le début, nous ayons eu la certitude que notre institution était née viable, nous avons voulu lui laisser parcourir son cycle entier avant de venir officiellement la signaler à votre attention. Maintenant que sa première évolution totale est accomplie, que chaque arrondissement, tour à tour, a été visité, que vous pouvez voir par vous-même et la grandeur et les difficultés de notre tâche, et apprécier la haute portée de cette création, nous venons avec confiance à vous, vous demandant de la soutenir. Il ne s'agit point ici d'un projet éphémère, mais bien d'une entreprise féconde qui a donné des gages certains d'un brillant avenir si l'on nous aide à la développer. Si, avec peu, nous avons pu relativement beaucoup, que ne pourrons-nous pas si des secours efficaces viennent donner un nouvel élan au pays ?

Nous espérons donc, et cet espoir ne sera pas déçu, que l'homme éclairé qui préside aux destinées de notre agriculture voudra bien, désormais, comprendre notre Société au nombre de celles auxquelles il accorde, avec tant d'empressement, des subventions spéciales pour leur faciliter le maintien des primes d'honneur départementales, dont d'autres associations nous doivent, à la fois, et l'idée, et les statuts.

Notre attente sera d'autant moins vaine, que, non-seulement,
nos palmes s'adressent aux propriétaires et aux principaux
agents qu'ils emploient, mais qu'elles vont, d'une manière toute
particulière, chercher et encourager les colons eux-mêmes.
C'est nous, en effet, qui, lors du concours régional de 1864,
à Périgueux, avons *hautement donné le signal des primes
d'honneur départementales au métayage*, primes qui ont produit,
dans toute la France agricole, une si vive et si légitime sensa-
tion. Que Votre Excellence nous permette de nous arrêter un
instant sur ce point considérable, et d'appeler sa bienveillante
attention sur les faits d'une portée si grande, que nous a révé-
lés l'investigation faite par les diverses commissions, des travaux des métayers qui ont obtenu de nos jurys les principales
récompenses.

Une sympathie générale accueillit l'annonce de cette innova-
tion, due à l'initiative intelligente, active et hardie d'un
de nos collègues, M. Pichon, proclamant la justice et la nécessité de mettre en relief les mérites et du métayage bien compris et de travailleurs trop inconnus jusqu'alors, qui, par leur
conduite et leurs succès, honorent ce mode d'exploitation.
M. Béhic, votre prédécesseur, M. Magne, notre compatriote,
actuellement ministre des finances, alors membre du conseil
privé, les députés du département, M. Barral, directeur du
Journal d'Agriculture pratique, décidèrent qu'ils contribue-
raient, par l'octroi de médailles d'or, à rehausser la solennité
qui allait avoir lieu pour la première fois sous nos auspices.
Informé de ce qui se préparait, le Chef de l'Etat lui-même vou-
lut que le colon jugé le plus digne de cette éclatante récompense,
reçût de sa part une grande médaille d'honneur.

Plus de cent métayers furent présentés par les commissions
cantonales instituées à cet effet, et, sur ce nombre, quatre-
vingt-trois furent classés en rang utile par le bureau, charmé
de rencontrer, dans les agents d'un système jusque-là décrié
sans raison, tant de labeurs, d'honnêteté, de vrais progrès.
Nous nous bornons à mettre sous les yeux de Votre Excellence les titres de ceux qui ont été placés en première ligne.
Elle y verra combien le colonage partiaire peut amener de fructueux résultats et pour le maître et pour son associé, car ici
les intérêts sont identiques, loin d'être opposés, comme il arrive
trop souvent entre le propriétaire et l'ouvrier à la tâche.

Jean David, colon de M. le comte de Damas, à Hautefort, a
remporté la grande médaille de l'Empereur, pour 21 ans de
services dans le domaine, son initiative et sa capacité. Entré
comme domestique en 1837, à l'âge de 16 ans, au service de
M. de Damas, il a pris en 1843 la direction de la métairie de

la Reille, dont l'exploitation lui fut confiée, sur sa demande, le propriétaire ayant consenti à lui assurer 600 fr. de revenus la première année. Le sol était détestable et les herbages mauvais; la Reille était abandonnée depuis plusieurs années, et sans voies de communication. En 1843, le cheptel fut de 900 fr. en tout; en 1850, quelques parcelles de terre ayant été ajoutées, il fut élevé à 1,400 fr.; en 1864, grâce à la gestion du métayer, il valut 5,000 fr. En 1843, point de revenu; en 1850, David obtenait 1,000 fr.; en 1861, 2,500 fr.; en 1862, 2,800 fr. Ainsi la métairie était véritablement *créée par lui* dans l'espace de 20 ans.

Son assolement est bon, ses labours sont remarquables; il emploie des instruments perfectionnés. Sur 21 hectares d'étendue totale, il entretient 2 taureaux, 10 vaches, 7 veaux et 4 porcs, ce qui fait, par hectare de terres labourables ou prés, l'équivalent de 4/5 de tête de gros bétail. Il récolte, en moyenne, 90 hectolitres de froment, soit près de 13 pour un de semence, 50 hectolitres d'avoine, 12 de maïs, pour 400 fr. de tabacs, 20 hectolitres de vin sur 1 hectare 50 de très-mauvais sol. Le bénéfice annuel sur le bétail est d'environ 2,000 fr. Prés irrigués et fumés annuellement en partie, emploi du plâtre en abondance, réparation de vignobles, défrichements de quantité de mauvaises bruyères, chemins exécutés à ses frais, ouvriers employés dans les moments pressés et payés de ses deniers, achat, à Hautefort, de fumiers qu'il solde de moitié avec son maître, tel a été le secret de sa réussite. Par son travail, ce métayer, qui ne possédait rien quand il est entré au service de M. de Damas, a acquis pour 10,000 fr. de bien; il a, de plus, acheté, sur ses épargnes, pour 2,300 fr., un remplaçant à son fils; il s'est chargé des enfants de sa belle-sœur, qui en avait laissé trois dans un complet dénûment, et les fait élever à l'hospice d'Hautefort, où il sert, pour eux, une pension de 120 fr. par an.

Il n'a pas craint d'acquérir, à prix élevé et à ses dépens, des vaches de belle race. Lauréat à chaque concours du comice d'Hautefort, il a, en 1862, été primé au concours départemental de Périgueux; la même année un bœuf sorti de ses étables obtenait un prix à Poissy. Enfin, au moment même où il était appelé à recueillir la brillante récompense qui lui était si bien due, il remportait deux primes au concours régional pour deux animaux qu'il y avait présentés.

Martial Couturier, dit Mousseau, colon de M. Valade, au Bourdeix, près Nontron, a sérieusement disputé la première place à Jean David. Alors âgé de 69 ans, il en avait déjà passé 61 dans le domaine. D'une capacité hors ligne, pratiquant

parfaitement les nouvelles méthodes de culture, il a été l'insti-
tuteur agricole de ses collègues dans les cantons de Bussière-
Badil et de Nontron, allant d'exploitation en exploitation, en-
seigner gratuitement et montrant souvent avec ses attelages,
sur le terrain d'autrui, l'art du défoncement. Il a élevé ses
deux frères et une sœur infirme. Respecté par tous et donnant
l'exemple d'une conduite irréprochable, il dirige comme chef
la métairie depuis l'âge de 14 ans. Ses travaux sont très-
bien conduits, ses instruments perfectionnés; il compte dans
ses étables 8 bœufs, 3 vaches, 15 à 20 porcs, 3 veaux, pesant
ensemble approximativement 9,200 kilog., soit l'équivalent d'un
poids vivant d'environ 500 kil. de chair vivante à l'hectare de
terres labourables et prés. Il a substitué le froment au seigle
et récolte de 15 à 20 pour 1 de la semence employée. Le bénéfice actuel sur le bétail monte à près de 3,000 fr. Des pâtis
ont été convertis en prairies; celles-ci sont arrosées en grande
partie par des retenues d'eau habilement distribuées, et fumées
sur une étendue moyenne de 60 ares chaque année. La chaux
est employée comme amendement. Couturier prend un soin
tout particulier des arbres forestiers. Il greffe une grande
quantité d'arbres fruitiers plantés en ligne.

Il a trouvé un cheptel de 987 fr.; il est de 5,250 aujour-
d'hui; on ne récoltait de froment que 4 à 6 hectolitres, il en
obtient de 80 à 100; on avait de 6 à 8 sacs d'orge, sa moyenne
actuelle est de 18 à 20; les prés fournissaient environ 12,000
kilog. de foin, ils en produisent 18,000, auxquels il faut en join-
dre 7,500 provenant de prairies artificielles créées; il a introduit les choux fourragers, dont il plante de 10 à 12,000 par an.
Il recueille de 5 à 600 hectolitres de carottes et rutabagas, et
de 100 à 130 hect. de topinambours.

Ses animaux sont très-bien tenus, ses terres très-propres,
ses récoltes fort belles; il pratique un assolement régulier de
8 ans, et l'ensemble de son exploitation est parfaitement soi-
gné. Plusieurs fois lauréat du comice agricole de Nontron, il
y a reçu le prix unique pour propagande agricole pratique.
Deux cantons, celui de Bussière-Badil et celui de Nontron, se
sont accordés pour le porter en première ligne afin de reconnaître les services qu'il a rendus à l'agriculture du pays.

Tous les autres colons, récompensés à la suite des deux dont
nous venons de vous exposer les services, avaient eux aussi
les titres les plus réels aux applaudissements, qui ne leur ont
pas manqué, lorsqu'ils sont venus chercher les médailles, prix
de leurs persévérants et, disons-le, intelligents efforts. Tradi-
tion d'honneur, séjour quelquefois plus que centenaire de la
famille sur le même domaine, améliorations sages et constan-

tes, conduite honorable, progrès de tous genres, réalisés parfois malgré l'incurie du propriétaire, esprit d'ordre, telles ont été les considérations qui leur ont valu l'estime de leurs concitoyens et les éloges de tous. On peut le dire, la mise au jour de tant de fermes remarquables a complétement réhabilité le métayage aux yeux mêmes de ceux qui jusqu'alors avaient été parmi nous ses plus inflexibles détracteurs.

Aussi, à partir de 1864, un concours entre les métayers de chaque arrondissement, tour à tour, a-t-il eu lieu en même temps que celui des primes d'honneur destinées aux propriétaires par les soins de notre Société.

A Ribérac, en 1865, la principale récompense a été attribuée au sieur Ratineau, colon de M. de Bellussière, dans le canton de Montagrier. Ses fourrages et ses racines s'élèvent à 50 0/0 de l'étendue des terres arables; il a 9/10me de tête de bétail par hectare, et le bénéfice qu'il en retire pour sa part s'est élevé au chiffre de 126 fr. 50 par hectare.

Sept autres médailles ont été données en outre à autant de colons de diverses parties du Ribéracois.

En 1866, nous sommes arrivés dans le Nontronnais. C'est là la terre classique du métayage bien compris; on ne s'étonnera donc pas que 25 prix ou mentions honorables aient été distribués cette fois. A leur tête se place celle remportée par Méry Lanterne, métayer à la Combe au Cros, commune de St-Martin-le-Pin, après que le sieur Martial Couturier, dont il a été question plus haut, eut été récompensé hors classe comme principal agent de MM. Valade frères, lauréats de la prime départementale.

Voici, extraits du rapport de la commission spéciale chargée d'examiner les dossiers des candidats, les principaux titres qui ont valu à Mery Lanterne la distinction flatteuse dont il a été l'objet. Très bonne moralité, 32 ans de services dans le domaine, beaucoup de capacité et d'initiative, prairies naturelles, artificielles et racines fourragères en étendue considérable, labours bien faits, instruments perfectionnés, 408 kilos de chair vivante entretenue par hectare de terres labourables et prés, amendements chaque année par des composts des prairies, emploi de la chaux, défrichement de 8 hectares de landes, bonne volonté constante pour améliorer son domaine.

En Sarladais, l'année dernière, émulation remarquable dans cette classe de travailleurs, efforts dignes d'éloges et d'attention, à tel point qu'il n'a pas fallu accorder moins de 39 diplômes et que l'on s'est vu forcé d'admettre le partage par un *ex œquo* pour le prix d'honneur.

La première citation a été pour la nommée Eugénie Sabrou,

femme Monribot, métayère de M. Grenier, à Naudy, commune
de Siorac-de-Belvès. Veuve depuis l'année précédente, cette
femme active et habile exploite le domaine où elle est née et
qu'elle dirigeait déjà depuis longtemps à cause de l'infirmité de
son vieux père, qui avait cultivé cette propriété pendant de
longues années, y étant entré il y a presque un demi siècle. La
veuve Monribot, digne héritière d'un homme qui a quadruplé
le revenu de la métairie en élevant 11 enfants qu'il a fait
instruire à l'école, suit ses traditions, à la satisfaction de son
maître, tout en soignant avec une tendresse éclairée sa jeune
famille. On peut la citer comme exemple pour son excellente
moralité, sa capacité rare et son initiative. La métairie n'a que
15 hectares, dont 7 1/2 sont en prairies naturelles, 2 1/2 en
prairies artificielles, 3 en racines fourragères, le reste en
céréales, plantes industrielles et vignes. Ce domaine, où elle est
seule dirigeante, est cultivé sous ses ordres par des journaliers.
Les labours sont bien faits en temps opportun; on y compte
4 bœufs, dont 2 gras, 13 moutons à l'engrais, 5 porcs préparés
pour la boucherie. Ce bétail donne par an 1,200 francs de
profit; le produit par hectare en froment est de 20 hectolitres,
soit 14 pour 1 de semence. On y récolte 12 barriques de vin;
les prés naturels sont bien soignés, les prairies artificielles sont
plâtrées, les vignes sont jeunes et bien entretenues.

C'est le sieur Pierre Chevalier, métayer de M. Camile Limoges
à Contezac, commune de Ladornac, canton de Terrasson, qui a
été classé *ex æquo* avec la veuve Sabrou et, comme elle, a reçu
une médaille de vermeil.

Agé de 67 ans, en voilà 40 qu'il est à la tête de la métairie
que sa famille exploite depuis trois générations; d'une moralité
parfaite comme celle de ses ascendants, il jouit de l'estime
publique et exerce il y a plus de 20 ans déjà les fonctions de
conseiller municipal de sa commune. Il a fait instruire ses
enfants, auxquels il a inculqué ses principes religieux et
honnêtes; tous savent lire et écrire, aucun d'eux n'a déserté
l'agriculture ni même le pays. A leur tour ses six petits enfants
fréquentent régulièrement l'école; homme actif et intelligent, il
a beaucoup d'initiative; il a donné l'impulsion pour l'amélioration de la culture et du travail aux métayers qui l'environnent.

Sur sa métairie de moins de 18 hectares il vit avec son fils,
sa belle-fille, un domestique et une servante, plus 6 petits
enfants encore hors d'état de travailler. Ses labours sont bien
faits, il possède des instruments perfectionnés. Il entretient
6 bœufs de travail, 2 jeunes bœufs, 2 vaches, 2 veaux,
32 moutons estimés 24 francs l'un, 10 porcs race du pays,

4

1 jument et 1 poulain, ce qui équivaut à 18 têtes de gros bétail pour 13 hectares seulement de terres labourables et prés ; le produit en bénéfice de ce bétail s'élève à 1,500 francs par an. La récolte consiste en 60 hectolitres de froment, 82 de maïs, 20 d'avoine, 60 de noix, 120 de vin et 50 kilogrammes de laine. Les prés sont fumés avec soin, les fourrages artificiels plâtrés, des plantations considérables et très-bien réussies de vignes et de noyers ont été faites par le métayer à ses frais ; la tenue générale du domaine est excellente.

Lorsque la famille de Pierre Chevalier est entrée dans la métairie, elle était sans aucunes ressources ; maintenant Chevalier, après avoir payé un remplaçant pour son propre compte et un autre pour un de ses frères, a marié deux de ses filles, leur a constitué à chacune 2,000 fr. de dot, plus quelques meubles, et possède, malgré cela, à lui seul appartenant, une propriété d'une valeur de 20,000 fr. environ qu'il fait travailler par des colons tout en restant métayer lui-même.

Ces détails, monsieur le ministre, suffiront, sans qu'il nous soit nécessaire d'insister sur d'autres faits qui ont bien aussi leur valeur, pour prouver péremptoirement à Votre Excellence combien on était fondé à instituer des primes spéciales pour les travailleurs de nos campagnes, où, pratiqué depuis un temps immémorial, le métayage gagne chaque jour de nouveaux adhérents. Bien compris, c'est un mode de faire-valoir plus conforme assurément à la dignité humaine que le salariat. Nos colons ont vu avec reconnaissance notre association s'empresser de faire connaître leurs mérites jusqu'alors trop cachés. L'émulation, une émulation féconde, s'est emparée d'eux par suite de cette création, et il n'est pas jusqu'à celui qui n'obtient à nos concours qu'une simple mention honorable, qui ne se hâte de l'afficher et de lui donner une place d'honneur dans sa chaumière. Désormais cet homme ne reculera pas, mais au contraire, chaque jour plus actif et plus vigilant, il s'efforcera de s'élever d'un degré à la prochaine épreuve. Ses voisins l'imitent et tâchent de le dépasser ; l'amour-propre sème, le bien public récolte.

Voilà nos actes ; voilà ce qu'ont produit nos primes *d'honneur départementales aux agronomes propriétaires*, nos *primes de métayage* aux colons qui exploitent en sous-ordre, mais qui jouent en réalité un si grand rôle dans notre culture. Nous soumettons simplement ce résumé à l'appréciation de Votre Excellence, et nous sommes certains d'entrer dans ses vues en lui demandant de soutenir ces œuvres d'une portée si grande et si profitable. Vous n'hésiterez pas, nous en avons l'assurance, à nous attribuer, dans ce but, la modeste allocation *d'une somme de 1,500 fr. et d'une médaille d'or grand module* que nous prenons la liberté de vous demander à cet effet.

Pour le bureau :

Le secrétaire-général de la Société,

L. DE LAMOTHE.

Périgueux, Dupont et C Jn 68.

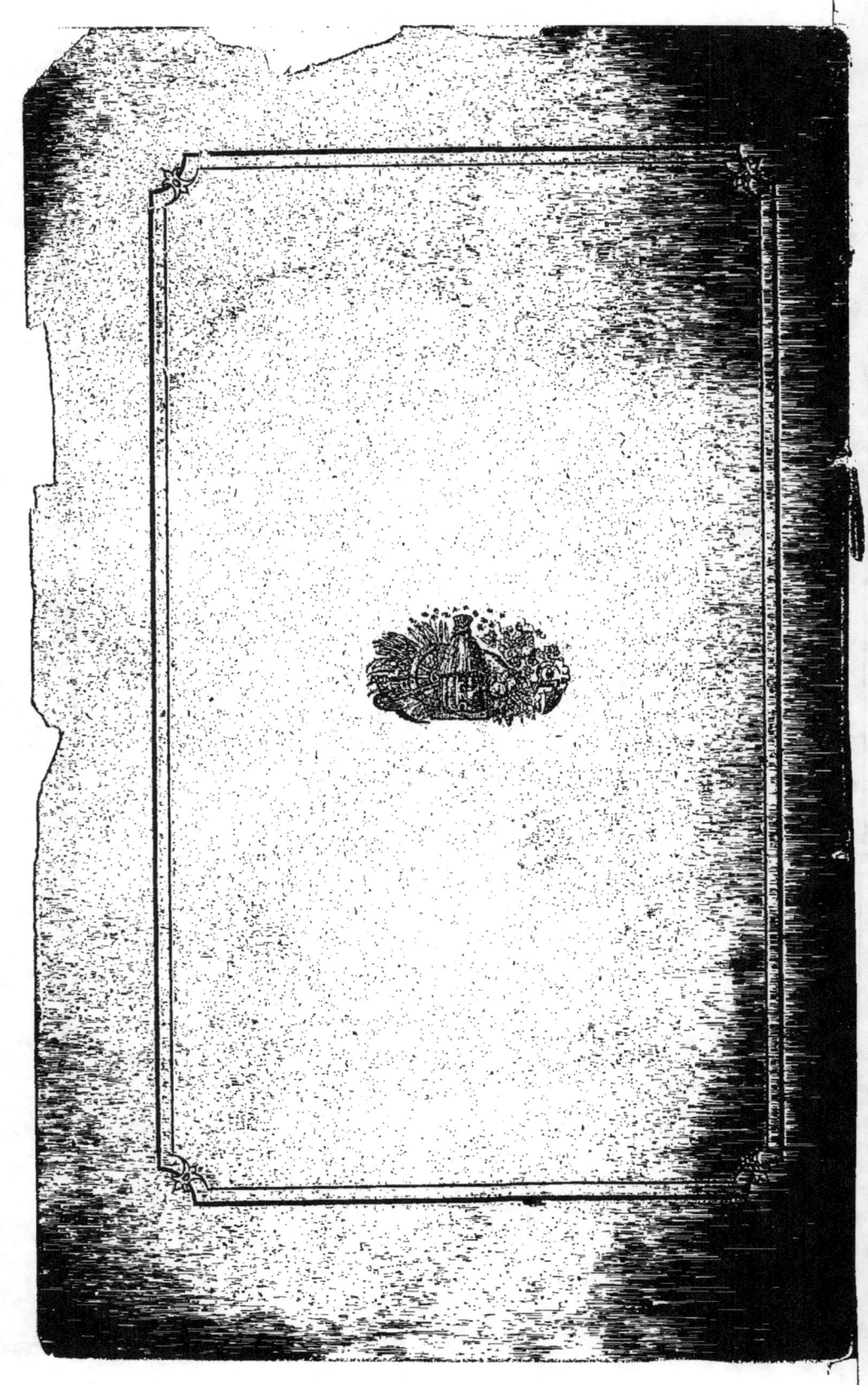

www.ingramcontent.com/pod-product-compliance
Lightning Source LLC
Chambersburg PA
CBHW061654180626
46818CB00003B/1097